Chantaje siciliano

Kate Walker

Bianca®

HARLEQUIN®

Editado por HARLEQUIN IBÉRICA, S.A.
Hermosilla, 21
28001 Madrid

I.S.B.N.: 978-84-671-4911-1
Depósito legal: B-13617-2007
Editor responsable: Luis Pugni
Composición: M.T. Color & Diseño, S.L.
C/. Colquide, 6 - portal 2-3º H, 28230 Las Rozas (Madrid)
Fotomecánica: PREIMPRESIÓN 2000
C/. Algorta, 33. 28019 Madrid
Impresión y encuadernación: LITOGRAFÍA ROSÉS, S.A.
C/. Energía, 11. 08850 Gavá (Barcelona)
Fecha impresion para Argentina: 29.10.07
Distribuidor exclusivo para España: LOGISTA
Distribuidor para México: CODIPLYRSA
Distribuidores para Argentina: interior, BERTRAN, S.A.C. Vélez
Sársfield, 1950. Cap. Fed./ Buenos Aires y Gran Buenos Aires,
VACCARO SÁNCHEZ y Cía, S.A.
Distribuidor para Chile: DISTRIBUIDORA ALFA, S.A.

Para Lori Corsentino, por dejarme utilizar los nombres de sus hermanos en este libro.

Prólogo

ERA EL día perfecto para una boda. El sol brillaba, con la promesa de un día caluroso en sus
horas centrales, aunque aún era temprano y la
frescura del amanecer persistía.

En su hogar, en Inglaterra, las flores tempranas de
la primavera estarían ya floreciendo, cubriéndolo todo
de morado, blanco y dorado, y los árboles estarían cubiertos del verde brillante de su nuevo follaje. Pero
allí, en Las Vegas, sólo se veían calles de asfalto y
enormes edificios en cuyas ventanas se reflejaba el sol
de la mañana.

Sin embargo, no echaba de menos el verdor y las
flores de su hogar, ni por un momento. Había encontrado un nuevo hogar. No querría estar en ningún otro
lugar que no fuera allí, en aquel momento. Porque
aquél iba a ser un día perfecto y ella era perfectamente
feliz. Su corazón ya estaba pletórico de felicidad.

Iba a casarse con el hombre perfecto, el hombre
más maravilloso del mundo.

La cabeza aún le daba vueltas cuando pensaba en lo
rápido que se habían sucedido los acontecimientos.
Unos días antes, ni siquiera sabía de su existencia.
Pero entonces la casualidad hizo que se conocieran en
el vestíbulo de un hotel; una maleta caída le había
cambiado la vida por completo. Al agacharse para re-
cogerla, un hombre se detuvo a su lado y, con una
suave y hermosamente modulada voz le había pregun-

tado si podía ayudarla. Con mano fuerte, de piel bronceada la había ayudado a levantarse y al elevar la vista se había encontrado frente a unos ojos de un reluciente color bronce, los ojos más bonitos que había visto en su vida.

Fue como si perdiera el corazón en el mágico espacio de tiempo que transcurrió entre un latido y otro.

Era imposible, increíble que a él le hubiera ocurrido lo mismo. Pero lo cierto era que, desde aquel encuentro, se habían hecho inseparables.

Claro que de ahí a casarse…

Se echó a reír presa de la felicidad, y tras inspirar profundamente, vio que el taxi se detenía junto a la acera. Acababa de llegar a la pequeña capilla en la que se convertirían en marido y mujer.

Era pequeña y estaba pintada de blanco, pero a pesar de su tamaño, era más que adecuada. Después de todo, sólo estarían presentes los dos y el testigo que la ley exigía. ¿Qué más necesitaban, aparte del amor encontrado inesperadamente en una ciudad tan alejada de sus respectivos hogares?

Y allí estaba.

No se dio cuenta de que había estado conteniendo la respiración hasta que vio la figura, alta y morena, del hombre que amaba, como si hasta ese momento no hubiera creído por completo que fuera a suceder. Los hombres como él, guapos, exóticos, poderosos, no se casaban con chicas como ella. Bastante la había sorprendido ver cuánto la deseaba y haberse ido a la cama con él sin pararse a pensar ni por un momento si era seguro. Tan perdidamente enamorada estaba. No había pensado en nada, y menos en el futuro. Le había bastado con estar con él, con conocerlo, con compartir su cama, con *amarlo*.

Le abrieron la puerta del coche y allí estaba, vestido

con una camisa suelta de color blanco, pantalones de lino de color negro y la resplandeciente sonrisa que le había robado el corazón en el mismo momento en que lo vio por primera vez.

–Has venido.

–Pues claro que he venido –se rió ella, presa de la excitación–. ¿Acaso lo dudabas?

–Nunca. Ni por un momento –respondió él, con su voz penetrante.

Esperó en la acera mientras él pagaba al taxista, sus pies se movían inquietos de pura impaciencia, deseosa como estaba de entrar corriendo en la capilla y recorrer la alfombra, camino de su nueva vida.

–¿Lista? –preguntó él, ofreciéndole la mano.

–Lista –aseguró ella, introduciendo la mano en la de él.

Él pareció dudar brevemente, sólo un momento.

–No tienes flores. Toma…

Y le entregó una única rosa de un intenso color rojo, con el tallo perfectamente limpio de espinas.

–Es muy hermosa… –susurró ella, llevándose los pétalos aterciopelados a los labios.

–Pero no tanto como tú.

Le sonrió, haciéndola sentir hermosa como siempre que le sonreía de esa forma, con los ojos de color bronce resplandecientes de amor. Hacía que olvidara que no había tenido tiempo, ni dinero, para comprar un bonito vestido, sino que había tenido que conformarse con un sencillo vestido de algodón de tirantes finos y unas sandalias de suave cuero. Pero nada de eso importaba.

Sólo importaba el amor que compartían. Un amor que les proporcionaría un futuro justo cuando ella había creído que lo que tenían estaba llegando a su fin; cuando ya había temido que tendría que volver a casa y enfrentarse a la fría desaprobación de su madre, decidida a encontrar un marido *adecuado* para su hija.

—¿Nos casamos?

—Sí, sí, por favor.

No dejaría que su madre se entrometiera en ese momento, no dejaría que nada, ni nadie, le estropeara el día.

Las palabras de la ceremonia flotaban sobre su cabeza mientras ella miraba fijamente el asombroso rostro del hombre que iba a ser su marido. Seguía sin creer que le hubiera pedido que se casara con él.

Se lo había pedido cuando ella suspiraba melancólica ante la idea de tener que volver a casa, con la mirada nublada y la sonrisa borrada de sus labios al pensar en lo que la esperaba allí.

—¿Te quedarías si te pidiera que te casaras conmigo? —le había dicho con su musical acento, en tono despreocupado.

Estaba tumbado en la cama, con la cabeza apoyada en las manos, el torso bronceado en contraste con la blancura de la sábana que le cubría de cintura para abajo, y ella se había girado en redondo desde donde estaba junto a la ventana, con los ojos muy abiertos por la sorpresa.

—¿Acabas de decir…? ¡Sí, sí! ¡Sí, por favor! ¿Pero podríamos hacerlo pronto? ¿Mañana?

Y así había ocurrido, según sus deseos.

La voz le falló un poco al decir sus votos. Le temblaba la mano cuando se la entregó para que le pusiera el anillo, pero él se la sostuvo con firmeza mientras deslizaba el anillo por su dedo.

—Os declaro marido y mujer.

—¡Lo hemos hecho!

Las palabras escaparon de su garganta mezcladas con un nuevo ataque de risa nerviosa.

–Eso parece.

Fue en ese momento cuando la realidad de lo que habían hecho la golpeó. Se había casado con un hombre que había conocido apenas una semana antes. Había prometido amarlo y cuidarlo para el resto de su vida, hasta que la muerte los separara.

Y sí, una vocecilla le susurraba en la cabeza que lo amaba con todo su corazón. ¿Pero lo *conocía* realmente?

Sentía como si el suelo se tambaleara bajo sus pies mientras miraba aquellos fascinantes ojos suyos, fijos en ella, su poderosa mano rodeando la suya.

–Lo hemos hecho –dijo él con una nota en la voz que le hizo percibir cierta ansiedad, y fue como si, por un segundo, el sol se ocultara detrás de una nube.

Pero entonces, volvió a sonreír y el sol salió de nuevo, brillante y cálido. Cuando bajó el rostro y le tomó los labios en un largo beso, ella notó que la duda y el miedo momentáneos se esfumaban como la bruma con el sol.

Lo amaba y eso era lo importante. Tenían el resto de sus vidas para conocerse.

En ese momento, empezaba el resto de su vida.

Capítulo 1

ERA EL día perfecto para una boda.

El sol brillaba, soplaba una suave brisa, y a lo largo del camino de grava que conducía desde la verja de madera tallada hasta la puerta con roblones de metal de la pequeña iglesia de pueblo, las flores tempranas de la primavera brotaban en un estallido morado, blanco y dorado. En los árboles cubiertos del verde brillante del nuevo follaje, hasta los pájaros parecían trinar alegremente.

Era el día perfecto y el escenario perfecto para una elegante boda campestre en Inglaterra.

Pero en la mente de Guido Corsentino, no había nada perfecto en la boda hacia la que se dirigía, con largas y furiosas zancadas. Por no mencionar que su humor distaba mucho de ser idílico. Totalmente opuesto al resplandeciente día y la sonriente actitud de la gente que se amontonaba en el camino de entrada.

Se habían reunido allí para ver llegar a los amigos y los familiares de los novios en relucientes limusinas con chófer. Los habían visto descender, a ellos con sus elegantes trajes para la ceremonia diurna, a ellas ataviadas de brillantes colores, y entrar en el pequeño patio de la iglesia. Habían exclamado encantados al ver llegar a la novia, delgada y hermosa con su vestido de seda blanco, el velo de encaje antiguo que le cubría el pálido rostro, casi al mismo tiempo que el novio.

Y ahora parecían demorarse mientras charlaban

animadamente a la espera de que los recién casados salieran de la iglesia, de la mano.

Apenas repararon en el hombre alto, moreno y atractivo que pasó a su lado, concentrado en el viejo edificio que se levantaba ante él. Los pocos que se fijaron lo tomaron por uno de los invitados, aunque su camisa, sus pantalones y su chaqueta de estilo informal, todo de color negro, contrastaba con el chaqué y los sombreros de copa de los otros invitados. Y si notaron la fría determinación en su asombroso rostro cincelado lo tomaron por simple irritación por llegar tarde a la ceremonia.

Lo cierto era que Guido Corsentino llegaba justo a tiempo. Había planeado la llegada a la iglesia para un momento preciso, que estaba a punto de llegar. Y para entonces, él estaría preparado.

Agachando la cabeza de pelo negro para pasar por el arco de madera de la verja, se dirigió hacia las puertas cerradas de la iglesia y se detuvo en seco. Una sonrisa de irrefrenable satisfacción tiró hacia arriba de las comisuras de una boca grande y expresiva cuando oyó el débil sonido de la música en el interior.

No podría haber llegado en mejor momento.

Tras abrocharse el único botón de la chaqueta, se colocó los puños de su camisa de algodón, y extendió la mano hacia el pomo. Al contacto con el metal, el pulso se le aceleró al pensar en lo que encontraría al otro lado. Un recuerdo emergió como una cruel puñalada al tiempo que despertaba algo mucho más primitivo en las partes bajas de su cuerpo.

El recuerdo de otra boda, un escenario muy diferente. Otro tiempo y otro lugar…

Se debatía entre la necesidad de verla una vez más y de huir para no volver a ver su traicionero rostro. Pero la verdadera razón por la que estaba allí, la razón por la que había volado miles de kilómetros, se presentó en forma de ráfaga que le recorrió la espina dorsal, endureciendo su ya duro corazón. Casi con fiereza, levantó la cara, flexionó sus amplios hombros y abrió la puerta lo mínimo para poder introducirse en la capilla.

Los novios estaban al final de la nave central, de cara al altar. El novio era el hombre alto y de constitución delgada que había imaginado, el pelo rubio que ya escaseaba desvelaba un punto de calvicie en la coronilla. Iba vestido con chaqué.

A su lado, *ella*, la novia, también alta y delgada. Vestida de blanco.

¡Blanco! Algo en su interior se rebeló salvajemente al pensar en ello. El sabor amargo de la bilis le subió desde el estómago hasta la garganta.

–Amber… –susurró en un ataque de furia salvaje.

Amber Wellesley no debería ir vestida de blanco. Él se había asegurado bien de ello. Claro que podía ser que también le hubiera mentido a su prometido al respecto. Igual que le había mentido a él sobre otra cosa. Algo mucho más importante.

Le había mentido al decirle que lo amaba.

Centró sus ojos de color bronce en ella, que permanecía ajena a su presencia. Con la mirada más clara ya, Guido se fijó en su precioso cabello castaño recogido, sujeto por unas bonitas horquillas de plata, sobre el cual el delicado velo caía en una cascada transparente. Él sabía lo que era soltar aquellos rizos brillantes, y sentirlos libres en sus manos, en su piel…

–*Dio mio*…

Guido dejó escapar un silbido mientras maldecía para sí. Le costaba respirar. Tenía la mente inundada de unos eróticos recuerdos totalmente inapropiados para una iglesia, mientras el objeto de tales pensamientos se disponía a casarse con otro.

Se dijo entonces que no debía permitir que su mente vagara descontrolada, pues eso podía apartarlo de su propósito.

Cruzando los brazos sobre el ancho torso, se apoyó contra la sólida puerta de madera y se preparó para esperar el momento apropiado.

La iglesia estaba llena de flores. El perfume de rosas y lirios proveniente de los recipientes dispuestos a ambos lados del altar, así como de los arreglos florales compuestos de otras rosas más pequeñas y lirios de los valles que decoraban cada uno de los bancos, inundaba el aire. Amber sentía náuseas cada vez que inspiraba a causa del penetrante aroma, sin olvidar que apenas había pegado ojo la noche anterior y no había sido capaz de comer nada esa mañana. Lo cual no le sorprendía dadas las circunstancias.

—Es normal que una chica esté nerviosa la noche antes de su boda —le había dicho su madre—. Un poco de rubor en las mejillas mejorará ese tono pálido.

Ante lo cual, Amber había sonreído forzadamente, sometiéndose a continuación a los cuidados de su madre, Pamela Wellesley, colorete y máscara de pestañas en mano.

—Sigues estando demasiado pálida —había dicho ésta, mirándola con el ceño fruncido—. De verdad, Amber, cualquiera diría que vas camino de tu ejecución en vez de tu boda. ¿Ocurre algo?

—¡No! —había contestado ella, demasiado rápido y con demasiada vehemencia.

—¿Tienes dudas respecto a Rafe?

—No.

De eso era de lo único que estaba segura. Rafe era amable y bueno, y había sido un verdadero amigo para ella. No era culpa suya que no hubiera pasión entre los dos. No era culpa suya no ser… Se obligó a no pensar en aquel nombre, y menos en un día como ése.

–No habréis tenido una pelea…

–¿Cómo podría tener alguien una pelea con Rafe, mamá?

Sería de gran ayuda para Amber no saber lo que su madre estaba pensando. Lo que a Pamela le preocupaba no era que su hija se hubiera peleado con su futuro marido, sino lo que ocurriría si la boda se cancelaba. El escándalo, la vergüenza…

Pamela Wellesley llevaba meses viviendo en la nube del prestigio que daba que su única hija fuera a casarse con un miembro de la familia St. Clair, y no le atraía nada pensar en lo que perdería si la boda no se celebraba.

–Son sólo nervios –había dicho Amber.

–Bueno, sé cómo ayudarte con eso. Una copa de algo… champán, por ejemplo.

–¡No! Nada… gracias, mamá.

Amber se obligó a decir la segunda parte de la frase, consciente de que, una vez más, sus sentimientos habían estado a punto de traicionarla. La nota de pánico había resonado hasta en sus propios oídos. Le extrañaba que su madre no la hubiera percibido. Pero ésta no tenía ni la menor idea de los recuerdos que sus palabras habían despertado en Amber y, si ésta no se andaba con cuidado, su madre se daría cuenta y la bombardearía con un montón de preguntas que no podría contestar.

–Estoy bien, de verdad –le aseguró a su madre–. O lo estaré cuando este día haya terminado.

Cuando el día hubiera terminado y los recuerdos que había tratado de mantener encerrados volvieran a lo más profundo de su memoria donde los había ocultado durante el último año.

El súbito silencio que la rodeaba en la pequeña iglesia, sacó a Amber de sus ensoñaciones, devolviéndola al presente. El coro había dejado de cantar, y el pastor, dando un paso al frente, había comenzado con el grueso de la ceremonia.

—Estamos hoy aquí reunidos para unir a este hombre y esta mujer...

Amber notó la boca seca y tuvo que tragar con dificultad el nudo que se le había hecho en la garganta.

No podía seguir con aquello. Ella no tenía el corazón puesto en aquella boda. Rafe le resultaba agradable. Lo quería de una manera relajada, tierna... como se quieren los amigos. Y un año antes, la había ayudado a salir del peor momento de su vida.

Pero nunca podría darle su corazón como se lo diera una vez a otro hombre. Se lo había dado y él no sólo lo había hecho pedazos, sino que se los había tirado a la cara con un gesto de absoluto desdén.

¡No!

Con un violento esfuerzo mental, Amber cerró la caja de Pandora que había estado a punto de abrir. No dejaría que ocurriera. No dejaría que el nombre de ese *hombre* se introdujera en sus pensamientos, en su vida, de nuevo. Se la había destrozado una vez y apenas se había recuperado. No pensaba volver a sufrir de esa manera.

Por eso se iba a casar con Rafe.

Amber giró la cabeza hacia el hombre que tenía al lado, y se sorprendió al ver lo pálido que estaba. Tenía la mandíbula apretada, pero al darse cuenta de que lo estaba mirando, él también giró la cabeza hacia ella y le sonrió débilmente.

Inmediatamente, Amber notó que la tensión que le mantenía tensa la espalda, retorciéndole los nervios, cedía y le tomó la mano con la suya. Notó la piel fría, la respuesta silenciosa de él. Pero era normal en Rafe. No era dado a demostraciones de afecto. Ni siquiera se habían acostado. Él le había dicho que no le importaba esperar y a ella le había parecido bien.

Con Rafe estaría sana y salva. Eso era lo que quería. Había conocido la pasión una vez y le había dado miedo. La había transformado en alguien que no era y no quería volver a ser esa persona. Había dejado atrás aquellos oscuros días y, por fin, estaba recuperándose.

—Si hay alguna persona que tenga una razón por la que estas dos personas no debieran unirse...

El pastor entonó las palabras en un tono solemne, tan siniestro que Amber no pudo evitar el escalofrío que le recorrió la espalda.

—... que hable ahora o calle para siempre.

Ya lo había dicho. El reto había sido lanzado y nadie lo había recogido. Nadie lo hacía nunca. Pero, aun así, siempre se hacía esa larga pausa que parecía interminable. El incómodo silencio en el que todos escuchaban y esperaban... y nadie decía nunca nada.

El pastor parecía radiante de satisfacción y tomó aire antes de continuar.

—En ese caso...

—¡Yo tengo una razón!

La voz llegó a sus oídos tan repentina e inesperadamente que Amber se quedó confundida. Provenía del fondo de la iglesia. Había además, algo aterrador en el silencio que cayó sobre los asistentes, en el repentino murmullo de asombro que se levantó entre ellos.

—Yo tengo una razón —repitió la voz, y esa vez no hubo duda. Esa vez, reconoció la musicalidad de su acento que, en cualquier otra situación, habría conferido un tono hermoso, atractivo a sus palabras.

Sin embargo, en ese momento, sus palabras le provocaron un escalofrío de terror al reconocer la voz. La voz que tanto le había gustado oír cuando le susurraba cosas al oído o jugueteaba con ella. La voz que sólo podía pertenecer a un hombre, un hombre que no pensaba volver a ver en su vida. El hombre que más temía en el mundo.

–¿Qué...? –Rafe pareció saltar como un resorte de su inexplicable trance y se dio la vuelta para ver quién había hablado–. ¿Quién es usted...?

Pero el hombre que hablaba desde el fondo de la iglesia no lo dejó terminar.

–Yo tengo una razón –repitió una tercera vez, en un tono duro y peligroso que desafiaba a cualquiera de los presentes a interrumpirlo–. Yo tengo una razón por la que estas dos personas no deberían ser unidas en santo matrimonio. ¿No es así, Amber?

Y fue la utilización de su nombre de pila, la gélida crueldad que puso en ello, la intensidad salvaje de cada una de sus sílabas lo que convirtió la pregunta en una acusación, una advertencia y una amenaza, todo en uno, lo que la dejaba sin escapatoria posible. Lo único que podía hacer era enfrentarse cara a cara con su torturador.

Temblorosa y presa de las náuseas, se obligó a darse la vuelta, la visión de sus ojos verdes estaba nublada mientras trataba de centrarse en él. Era más grande de lo que recordaba. Más grande y más moreno, pero sobre todo, más devastador de lo que recordaba.

Se preguntó si no sería por el contraste con el color tenue de la piedra y la madera del interior de la iglesia y la palidez de las flores que la adornaban. Iba vestido de negro de la cabeza a los pies, todo impecablemente cortado. Los zapatos que llevaba también eran negros, y junto al pelo negro azabache y los relucientes ojos de color bronce le daban el aspecto del mismísimo demonio, que había ido a la tierra para atormentarla.

–¿Amber? –la invitó a hablar sin abandonar el tono duro mientras ella no podía hacer otra cosa que mirarlo con los ojos muy abiertos y las manos temblorosas a medio camino de la boca.

Todos los presentes se habían quedado igualmente de piedra en sus asientos, boquiabiertos ante la escena que se estaba desarrollando ante sus ojos.

De pronto, un inesperado movimiento a un lado distrajo a Amber. Una amiga de la familia de Rafe, Emily Lawton, embarazada de cinco meses y viuda desde hacía poco, se desmayó. Pero enseguida alguien se ocupó de ella y el impulsivo movimiento de Amber quedó anulado por la manera en que Guido avanzaba hacia ella, con paso firme y siniestramente imparable. El ruido de sus zapatos resonaba en el suelo de piedra; la arrogante rigidez confería a sus movimientos una confianza en sí mismo que dejaba claro a todo el mundo que él era quien estaba al mando de la situación.

–¿Conoces a ese hombre? –preguntó al fin Rafe.

–¡No!

La mentira atizada por el pánico era una estupidez y Amber lo sabía; lo sabía por la forma en que Guido entornó los ojos en llamas, la forma en que alzó aún un poco más la cabeza hasta que parecía como si la estuviera mirando por encima de su larga y recta nariz, con puro y frío desdén. Y, al hacerlo, Amber sintió el frío en la garganta, bajando por su columna vertebral, congelándole la piel.

–¿Ya te has olvidado de mí, *cara?* –preguntó él con aterciopelada crueldad–. Claro, que así debe de haber sido o no estarías ahora aquí… –su heladora mirada voló entre ella y el altar, y de nuevo a ella– … con él.

Esa vez, sus ojos dorados recayeron en Rafe sólo

unos segundos antes de fijarlos, de nuevo, en ella. Se sentía como una mariposa clavada a una superficie bajo la lente de un microscopio.

Para absoluto desconcierto de Amber, una sonrisa se abrió paso en su sensual boca. Pero era una sonrisa cruel. La sonrisa de un torturador. La sonrisa que aparece en el rostro de un tigre justo antes de abalanzarse para dar muerte a su presa.

–¿Quién demonios es usted?

La voz de Rafe se había vuelto beligerante e hizo ademán de moverse, pero se lo pensó mejor y se quedó donde estaba, emanando tensión por todo su espigado cuerpo.

La sonrisa del tigre se hizo más amplia y, si cabía, más maliciosa.

–Permítame que me presente. Me llamo Guido Corsentino.

Algo en el nombre hizo que Rafe inspirara profundamente, pero se recobró casi al instante.

–¿Y qué tiene que ver con mi mujer?

–Bueno… resulta que aún no es su mujer.

A juzgar por la actitud de Guido, aquello era importante. Su rostro adoptó una expresión que podría describirse como arrepentimiento, pero Amber sabía que el arrepentimiento no estaba en su mente. Igual que tampoco había lugar para el cariño por los demás. Había ido hasta allí para llevar el caos y el sufrimiento y no pensaba dejar que nadie se lo impidiera.

–Y me temo que no lo será en un futuro próximo.

–¿Y eso por qué?

Amber notaba un nudo en la garganta tan grande que no podía respirar.

«¡No! ¡Por favor, no me hagas esto!»

Las palabras se formaron en sus labios pero no pudo encontrar la voz, aunque tenía los ojos fijos en los de él, rogándole que no siguiera adelante, que dejara de atormentarla.

Tenía que irse. Él no la había querido en el pasado, cuando ella se habría tumbado en el suelo para que él pasara por encima si eso lo hubiera hecho feliz. Pero él le había dejado claro que ella no significaba nada para él. Por lo que no había razón para que ahora hubiera cambiado de idea. Excepto por la diversión de causarle problemas.

Pero era evidente que irse de allí era lo último que Guido tenía en mente.

–¿Que por qué no puede Amber convertirse en su esposa? –repitió Guido con dureza, como si no comprendiera por qué se lo preguntaba–. Es bien sencillo. No está en posición de casarse… con nadie. Verá, ella está casada conmigo. Así es… –añadió al ver el respingo de incredulidad de Rafe, la forma en que sus pálidos ojos miraban a Amber y, de nuevo, el rostro determinado de su torturador–. Amber ya está casada. Y resulta que es mi *esposa*.

Capítulo 2

EL ANUNCIO tuvo el efecto deseado.

Cada vez que había imaginado el momento en que, tras doce largos meses de separación, volvería a enfrentarse a la mujer que había sido su esposa una vez, que seguía siéndolo, había tenido claro que lo que quería era causar un gran efecto. Quería que se quedara tan aturdida y boquiabierta como le había ocurrido a él el día que ella salió de su vida para estar con otro hombre, dejando sólo una nota en la que le decía que ya no lo amaba.

Que nunca lo había amado. Que nunca podría haber amado a un hombre como él. Que sólo se había casado en un momento de locura. Un acto que había lamentado desde el momento en que le puso el anillo.

Y ahora que veía el tipo de hombre con el que realmente quería casarse, entendía por qué. Aquel inglés alto era el tipo de marido que atraería a Amber Wellesley. Aquel hombre de rasgos finos, con el pelo rubio, la tez clara y los ojos azules, parecía el tipo de hombre perteneciente a la aristocracia que podría darle el nombre y el estatus que ella siempre había deseado. El nombre y el estatus que no podía darle un hombre que, junto a su hermano, habían salido de las cloacas de Siracusa, un hombre que no sabía qué sangre corría por sus venas. Pero definitivamente no era la sangre azul que Amber buscaba.

–¿Cómo puede ser Amber su esposa?

El tono breve y seco de Rafe St. Clair le iba como anillo al dedo.

–De la misma manera que ahora pretendía casarse con usted, una vez se casó conmigo.

–¡Eso no es cierto!

Fue la voz de Amber la que se abrió paso en ese momento, el miedo presente en su voz reverberaba entre las cuatro paredes de la iglesia.

El inglés la miró y de nuevo miró a Guido, con algo inexplicable en sus ojos.

–¿No estás casada con él?

No parecía esperar una respuesta, para alivio de Amber que no parecía capaz de decir nada más. Pero entonces Rafe asintió y volvió su atención al párroco, que se había colocado a un lado, sin saber muy bien cómo reaccionar.

–Continuemos con la ceremonia –ordenó–. Amber…

–¿Es que quieres ser arrestada por bigamia? –espetó Guido en dirección a los verdes ojos de la novia, lo único que podía ver a través del velo. Los ojos que una vez lo miraron a él mientras le declaraba su amor, jurándole que no había otro hombre en el mundo–. Porque eso es lo que ocurrirá si continúas con esto. No puedes casarte con este hombre, estás casada conmigo.

–¡No fue legal! –gritó ella desesperadamente. Guido la imaginaba pensando que sus posibilidades de emparentar con la aristocracia se iban por el desagüe–. ¡No fue un matrimonio real!

El silencio que rodeó sus palabras resultó desconcertante. Formó una espiral envolvente como la marea del océano, amenazando con engullirlo todo. Y entonces:

–¡Amber!

Incluso a través del velo, se podía ver que el rostro

de Amber había perdido todo color mientras su futuro marido se giraba atónito hacia ella, el tono de absoluto disgusto con que había pronunciado su nombre revelaba que Amber se había traicionado a sí misma.

–Pensé que habías dicho que no conocías a este hombre, pero ahora… ¿Es cierto lo del matrimonio?

–¿Y el resto?

Esa vez, el reproche llegó desde uno de los bancos donde estaban los asistentes, un hombre alto cuyo rostro afilado y calvicie presentaban una versión más madura del novio.

–¿Planeabas atrapar a mi hijo en una suerte de matrimonio *bígamo?*

La repulsión impresa en la palabra quedó palpable, al igual que la negra furia, y el absoluto rechazo.

–Yo…

Guido sintió una punzada de lástima al ver cómo Amber luchaba por encontrar una respuesta; la forma en que boqueaba sin que un solo sonido saliera de sus labios. Pero entonces levantó la cabeza, con sus ojos verdes resplandecientes tras el encaje, y se ciñó a la excusa que había mencionado antes.

–¡No fue un matrimonio *real!*

Con fiereza, dirigió una furiosa mirada a Guido. Una mirada de odio tan abrasadora que, por un momento, creyó que le quemaría la piel y reduciría el velo a cenizas.

–Tienes que creerme. ¿No pensarás que realmente me casaría con alguien como *él?*

Cualquier traza del inesperado impulso de lástima de Guido desapareció, marchito bajo el calor de su desprecio, la llama de su orgullo. Y en su lugar quedó tan sólo la gélida aversión que le quemaba el corazón, convirtiendo la lástima en repulsión en un abrir y cerrar de ojos.

Con deliberada lentitud, ejerciendo el más rígido control en sus movimientos, se metió la mano en el bolsillo de la chaqueta y sacó un papel doblado. Guido sentía los ojos de los asistentes fijos en él.

Con un golpe de muñeca desdobló el papel, dejando a la vista el documento oficial en el que aparecían unos nombres, los de ellos dos, y una fecha correspondiente a doce meses atrás, la fecha de su matrimonio.

–Pues a mí me parece bastante real –dijo él con voz melosa, levantándolo para que todos lo vieran.

–Deja que… –comenzó Amber.

Rafe St. Clair dio un paso adelante, y le quitó el documento, que leyó atentamente. Su rostro ya estaba pálido de rabia, pero la forma en que apretó los labios todavía más, creó aún más líneas blancas alrededor de su nariz y sus labios.

–Amber Christina Wellesley. Guido Ignazio Corsentino… –su voz se diluyó, arrugó el papel con una mano y, a continuación, se lo tiró a Amber a la cara–. ¡Mentirosa!

–Rafe…

Pero sus protestas fueron ignoradas.

–Queda cancelada la boda –declaró Rafe–. Espero que disfrute de su esposa, Corsentino.

–¡Rafe!

Amber trató de razonar con él, pero Rafe le dio la espalda. Incapaz de creer lo que había ocurrido, la forma en que su vida había quedado destrozada en pocos minutos, intentó tomarle la mano, hacer que se detuviera, que se quedara.

–¡Rafe, por favor!

Pero sin ni siquiera darle la oportunidad de enlazar los dedos con los suyos, Rafe dio un tirón y se apartó de ella como si temiera quedar contaminado por su contacto. Nunca antes había visto Amber el rostro amable de Rafe endurecerse de antipatía. Su amigo Rafe había desaparecido y en su lugar había un absoluto extraño.

–¡No quiero tener nada que ver contigo! Me das asco… mujerzuela.

–¡No!

Para asombro de Amber, fue Guido quien salió en su defensa, con voz áspera de rabia, y dando un paso adelante, se situó entre ella y el hombre. Amber no podía ver su rostro, ni sus ojos, pero sí vio la reacción de Rafe, la forma en que retrocedió, bajando la cabeza, y echó a andar apresuradamente por el pasillo. Al hacerlo, su familia se puso en pie y lo siguió fuera de la iglesia.

La sorprendente amabilidad, sentirse protegida por la última persona que habría esperado ver correr en su ayuda, fue la gota que colmó el vaso. Sin fuerzas, las rodillas le temblaron, incapaces de soportar su peso.

Con un leve gemido de desesperación, cayó sobre los escalones del altar y se tapó la cara con las manos. Carente de toda energía, se sentía incapaz de pensar, demasiado perdida hasta para llorar. Se limitó a buscar refugio en la reconfortante oscuridad y se quedó allí, dejando la mente en blanco hasta que logró encontrar el valor para pensar de nuevo.

Oyó el distante sonido de los invitados, levantándose para irse. Los pasos de todos se dirigían a la puerta por el pasillo de piedra, los goznes chirriaron al doblarse para dejar salir a los presentes, y, finalmente, los sonidos fueron muriendo, gradualmente, y quedó…

Se preguntó si se habría quedado ya sola, con sus pensamientos y nada más. O si habría alguien más allí, observándola en silencio, viendo cómo se debatía por

comprender cómo su vida había quedado hecha pedazos en un mar de desesperación.

Amber no sabía cuál de las dos posibilidades era
peor. En ese momento, probablemente elegiría la primera porque no se veía con fuerzas para soportar a
nadie. Sabía que, en algún momento, tendría que levantarse y recoger los restos de su vida, pero en ese
momento, entre los temblores posteriores al terre-
moto emocional que se había producido a su alrededor, sólo quería quedarse en la postura que tenía un
poco más…

–¿Vas a quedarte escondida así para siempre?

La voz se abrió paso dentro de la burbuja de protección que se había creado, haciendo eco de sus propios
pensamientos, de forma tan certera que, durante unos
momentos, casi creyó que se había hecho la pregunta
ella misma mentalmente. Pero entonces la realidad se
hizo evidente en el tono, inequívocamente masculino,
y sintió que el corazón se le retorcía al percibir el musical y sexy acento italiano.

¿Guido aún seguía allí?

Ella había supuesto que su irrupción allí le habría
proporcionado toda la satisfacción que buscaba, la
venganza por la manera en que lo había abandonado
hacía un año; la forma en que había dejado atrás un
matrimonio que nunca había sido tal, sino una farsa,
un plan deliberado para utilizarla.

–¿Y bien?

El tono se mostró más duro, presionándola mentalmente hasta hacerla salir de su capullo protector, y mirarlo, con el gesto más desafiante que fue capaz de
mostrar.

–¡No me estoy escondiendo!

–Pues a mí sí me lo parece –se burló Guido–. Pare-
ces una niñita acurrucada en un rincón, para no ver

algo desagradable, con la actitud típica de «si no lo veo no está y, con suerte, se irá».

–De ser como dices, parece que no está funcionando –le espetó Amber–. He abierto los ojos y ese «algo desagradable» sigue ahí.

–Y no tiene intención de irse –dijo él, aparentemente impasible ante el furioso insulto que tan sólo había rebotado contra su piel, dura como la de un rinoceronte.

Hasta le dedicó una sonrisa, aunque era la sonrisa de una serpiente venenosa. La peligrosa cobra rey había regresado, a la espera de un motivo para atacar.

No, la descripción de una serpiente no se ajustaba a Guido. Aquel peligroso hombre, delgado y moreno, que la observaba apoyado contra el banco, indolente, se parecía más a un tigre vigilante, a la espera del momento adecuado para asestar el golpe.

Dios…

De pronto, Amber se dio cuenta de lo ridículo de sus pensamientos. Estaba aturullada, confundía las criaturas. Notó una burbuja de risa imposible en la garganta.

–¿Amber?

Le pareció que la voz de Guido llegaba desde más lejos, como si se hubiera movido. Se preguntó si se estaría yendo, como los demás.

–¡Amber, déjalo ya!

Definitivamente, se había movido de sitio. Percibió la voz de Guido por encima de ella; todas las células de su cuerpo sintieron su presencia. Sus pies, enfundados en unas botas negras, estaban firmemente apoyados en el suelo justo delante de ella, al final de las dos largas columnas vestidas de negro que eran sus piernas, fuertes y musculosas…

–¿Dejar qué? Me resulta… ¡gracioso!

La voz de Amber iba y venía, como una radio mal sintonizada.

—¡No, no lo es!

Amber notó que unas fuertes manos le ceñían los brazos, la ayudaban a levantarse, y finalmente la estrechaban contra él mientras su aliento salía entrecortado.

—Sí lo es… Aquí estaba yo, a punto de casarme, y has tenido que aparecer como… si fueras una mezcla de tres animales…

—¿Una mezcla de tres animales? —preguntó él, frunciendo el ceño, confuso—. Amber, deja de llorar para que podamos…

¿Llorar? Ella no estaba llorando; estaba riéndose.

—No estoy llorando… —Amber percibió la mirada escéptica de Guido, sus ojos de color bronce parecían más oscuros de lo normal—. ¡Te digo que *no!* —insistió ella.

—¿No?

Tras soltarle un brazo, le acarició el cuello y la barbilla con el dorso de la mano, que retiró rápidamente y lo observó detenidamente antes de mostrarle los nudillos doblados.

Estaban húmedos, brillantes por las lágrimas que había recogido de su piel, las lágrimas que había estado derramando sin darse cuenta y que seguían deslizándose por sus mejillas y el cuello. Por eso sentía el velo pegado a la piel.

Desconcertada, se llevó la mano al velo, pero sólo consiguió que se pegara aún más a las pestañas.

—Déjame a mí… —dijo Guido, pero Amber no pudo evitar retroceder cuando lo vio alzar la mano.

—No…

—¡*Dannazione,* Amber! —maldijo él—. ¿Cómo vamos a hablar si ni siquiera puedo verte la cara?

—No quiero hablar. ¡No tenemos nada de qué hablar! Hoy era el día en que me iba a casar con el hombre con quien me quería casar y apareces tú diciendo que ya estoy casada contigo. Con el hombre que menos deseo estar casada. ¡Con el hombre con quien no creí estar casada!

–¡El hombre con quien *estás* casada!

En ese momento, se dio cuenta de que tenía que aceptarlo. Hasta ese momento, tenía que admitir que había albergado la pequeña esperanza de que todo hubiera sido un terrible error. Una cruel broma.

–¿Entonces el matrimonio *es* legal?

–¿Acaso lo dudas?

Su tono mostraba una arrogante incredulidad ante la posibilidad de que alguien no creyera sus palabras.

–¿Crees que llegaría hasta esto por un matrimonio que no fuera real?

–Pero dijiste que…

«¡Te aseguro que no es un matrimonio real! No ha habido nada real en ningún momento», habían sido sus palabras.

–Sé lo que dije, Amber, pero… *porca miseria!* –maldijo tan exasperado que sus explosivas palabras reverberaron dentro de la iglesia vacía–. ¡No puedo hablar contigo así!

Acercándose a ella, suavemente, metió las manos bajo el velo y le tomó el rostro entre ambas con un pulgar a cada lado.

–Déjame…

Amber deseó poder detenerlo, pero parecía haber perdido toda la fuerza. Tenía los pies clavados en el suelo y no podía moverse. Era como si la suavidad de su voz hubiera acabado con toda su energía de forma que sólo podía esperar, en silencio.

–Al menos viéndonos, Amber, *mia bella,* tal vez podríamos hablar… –murmuró Guido.

Amber pensó, frenética, que no era su bella nada, que no quería ser nada para él. Pero se preguntó por qué precisamente en ese momento, cuando era lo último que deseaba, Guido pronunciaba su nombre de esa forma tan especial suya, marcando más la R, como si ronroneara. El ronroneo de un tigre.

Por un momento, la histeria amenazó con invadirla. Le temblaban los labios, hasta la mente le temblaba...

Guido le levantó el velo y sus ojos se encontraron. De pronto, las ganas de reír o de pelear la abandonaron como el aire que escapa de un balón pinchado, dejándola inerte, perdida e incapaz de pensar.

—Guido...

Incapaz de pensar en otra cosa que no fuera el hecho de que recordaba cómo aquellos ojos la habían mirado. Recordaba el aroma de su piel, el tacto de sus manos. Recordaba la sensación de su boca devastadoramente sensual en la suya, comiéndole los labios, acariciándola con la punta de la lengua. Lo recordaba y quería volver a sentirlo.

Lo deseaba tanto que casi podía saborearlo en su boca.

—Amber...

También recordaba ese tono. Su voz gutural ponía en evidencia que el momento de súbita sensualidad también lo había atrapado a él. Observó cómo entornaba los ojos, reduciéndolos a dos meras rendijas que le daban un aspecto adormilado, aunque ella sabía, por experiencia, que era una sensación engañosa.

Ya que, cuando miraba así, distaba mucho de estar dormido. De hecho, era todo lo contrario; estaba violentamente excitado. La sangre le hervía de pasión, su cuerpo lo pedía a gritos, y, si se acercara un poco más a él, podría notar la erección, fuerte y orgullosa, como muestra de lo que sentía.

Guido dejó escapar un ruido descarnado y salvaje, al tiempo que inspiraba casi con desesperación.

–Tengo que… –empezó, con voz rasposa.

Amber percibió en el filo mismo de las palabras, la lucha que estaba teniendo lugar en su interior, por la forma en que su voz sonaba áspera, como si no hubiera dicho una palabra en días.

También supo en el momento en que Guido perdió la batalla. Fue en el preciso instante en que cerró los ojos y dejó escapar el aire contenido, y bajó la cabeza, parte conquista, parte derrota, y le tomó la boca con la suya.

Capítulo 3

I DIOTA! ¡Idiota!», se repetía Guido una y otra vez. «¡Corsentino, eres un idiota!»

No debería estar haciendo eso, era lo último que debería estar haciendo. Pero no podía evitarlo.

Desde el momento en que vio el rostro de Amber al levantarle el velo, sus ojos verdes, mirándolo, desde que aspiró el aroma de su piel tibia y suave, a vainilla y especias, supo lo que iba a suceder. Su vista se había quedado fija en sus labios, suavemente sensuales, parcialmente abiertos, el vivo recuerdo de su sabor en la punta de la lengua.

Y no pudo evitar querer experimentarlo nuevamente.

Dejó de luchar consigo mismo para ceder al impulso que lo presionaba, y satisfacer una necesidad.

—Amber…

Su nombre escapó de sus labios como un susurro, un momento antes de reencontrarse, antes de sentir…

Un año era mucho tiempo. Demasiado tiempo sin sentir, sin saborear, sin percibir el aroma de la mujer cuyo cuerpo, una vez, lo volviera loco de pasión.

¿Una vez?

Guido contuvo el aliento en la garganta, a punto de dejar escapar una carcajada de incredulidad.

Una vez, ¡y un cuerno! Desde el momento que la había visto de nuevo, al principio sólo de espaldas, supo que estaba perdido. Perdido de nuevo. Atrapado en las profundidades del deseo como la primera vez. Ardiendo por dentro con una pasión que ella provocaba en él sólo por existir. Atraído por las silenciosas señales instintivas que su cuerpo parecía enviarle.

Por eso él se había quedado cuando todos habían salido.

Incluso la madre de Amber había salido, con la barbilla bien alta al pasar a su lado, queriendo dejarle claro que era menos que la suciedad bajo sus pies.

Pero, al menos, lo había mirado. No se podía decir que hubiera hecho lo mismo con su hija. Se había ido sin mirar a Amber, sentada en los escalones del altar. No había mostrado ni un ápice de preocupación, ni de compasión, nada. Había salido de la iglesia, tras los padres del novio, como si ellos, en vez de su hija, fueran su familia.

Guido había tratado de irse también. Había hecho lo que había ido a hacer, detener una boda ilegal, y obtener la venganza por la manera en que lo había tratado, la crueldad con que lo había abandonado por no considerarlo lo suficientemente bueno para ella. Y hasta se había vengado de Rafe St. Clair por la forma en que había tratado a un miembro de su propia familia no mucho tiempo atrás.

Pero su conciencia no se lo había permitido.

Su conciencia y algo más profundo, más primitivo. Un duro golpe en el estómago y más abajo cuando había intentado darse la vuelta para irse.

Algo que no tenía nada que ver con la compasión, ni con la preocupación y sí con la pasión y el deseo y la interminable llama que ardía entre un hombre y una mujer desde el principio de los tiempos. Y esa llama ardía entre él y esa mujer en particular desde el momento en que se conocieron.

Simplemente, no podía abandonarla como ella había hecho con él. Fin de la historia.

No podía irse sin tocarla, sin saborearla, sin besarla una vez más.

Y así, ignorando todas las advertencias que su cerebro le lanzaba, había decidido escuchar el sonido que emitían las partes más primitivas y masculinas de su ser, y la había besado.

—Dios, Amber…

Su aroma lo envolvía, inundando su cabeza. Aquellos tibios labios rosados, poco antes apretados en un intento por controlar unas emociones amargas y violentas, parecieron tensarse aún más un segundo antes de acabar suavizándose, muy lentamente, hasta abrirse.

Guido notó que se le cerraba la garganta, el corazón en un puño, el miembro erecto. Y la cabeza se le llenó de pensamientos salvajes, totalmente inapropiados para un altar.

Notó la tibieza y la suavidad de su cuerpo contra el de él, derritiéndose contra su miembro duro. Y si pensaba que había sentido lo que era la atracción y el deseo en el pasado, no era nada en comparación con las garras que se apoderaron de él en ese instante.

—*Mia cara* —murmuró, con la voz desgarrada y gutural, deslizando las manos por la espalda hasta la cintura—. *Mia bella…*

Deseaba estrecharla con más fuerza, sentir la delicadeza de su frágil cuerpo contra el suyo, pero, al mismo tiempo, quería tocarla por todas partes.

El deseo era patente en su voz, pero, aunque pronunció esas palabras, sabía que no quería hablar. Sólo quería sentir, saborear, disfrutar.

Su pequeña lengua rosada enredándose con la suya, mientras él introducía los dedos en los rizos castaños que había soltado; la sensual caricia de su cabello sedoso, el íntimo sabor de su boca húmeda le arrancaron un gemido en el mismo momento en que Amber susurraba su nombre, absorbiendo así el leve sonido con un gemido por su parte que no hizo sino terminar de enloquecerlo.

Amber se meció contra él, con los brazos laxos a lo largo de sus costados de forma que las delicadas flores de su ramo le rozaban una pierna, y los pétalos se aplastaban, emanando un aroma que flotó hasta su nariz. Con los sentidos enardecidos, esa nueva sensación amenazaba con arrollarlo, tan fuerte era el latido que notaba en las sienes, obstaculizando todo pensamiento racional. Sus manos hambrientas aferraban más que acariciaban, buscaban el perfil de sus pechos, la calidez oculta bajo la seda…

–Bellissima… mia moglie…

–¡No!

Esa última palabra había sido un error. Amber irguió la espalda y su lengua se detuvo, al tiempo que echaba hacia atrás la cabeza. Fue un movimiento mínimo, pero evidenciaba la tremenda división existente entre ambos. Porque era evidente que Amber sabía el suficiente italiano como para comprender su significado: esposa mía.

–¡No, no, no!

Con un brutal esfuerzo, Amber apartó la boca de los labios de él, apartó su cuerpo. Incluso apartó la mente del peligroso abismo desde el que había estado a punto de precipitarse.

–¡No! ¡No soy tu esposa!

–Sí lo eres.

–¡Pero yo no quiero estar casada contigo!

–Pues eso deberías habértelo pensado antes de darme el sí hace doce meses.

–¡Esto tiene que ser una pesadilla! –dijo ella, sacu-

diendo la cabeza con desesperación–. La peor de las
pesadillas…

–Puedes creerlo así, *mia cara,* pero te aseguro que
estás bien despierta y que esto es totalmente real.
¿Acaso crees que me tomaría tantas molestias si no lo
fuera?

Sus palabras implicaban que ella, por sí sola, no
merecía la pena; que no se habría tomado el tiempo y
el esfuerzo de cruzar medio mundo de no haberse visto
forzado por unas circunstancias que escapaban a su
control.

–Y deberías darme las gracias –añadió.

–¿Las gracias?

Amber sabía que lo estaba mirando con la boca y
los ojos muy abiertos, tal era su incredulidad.

–¿Y por qué, si puede saberse, debería darte las gracias después de lo que has hecho? –preguntó Amber,
con la voz tensa por la sorpresa.

–¿No te he librado de ir a la cárcel? –dijo Guido
con indolente arrogancia–. Dime, ¿cuál es la pena por
bigamia en Inglaterra? ¿Cinco años? ¿Diez?

–¿Aquel… nuestro matrimonio fue real?

Amber seguía sin poder creer que fuera cierto a pesar de que Guido lo había repetido varias veces desde
su irrupción en la iglesia.

–Absolutamente real y totalmente legal. Somos marido y mujer, te guste o no.

–No.

Fue lo único que pudo decir. Se preguntaba cómo
podría ser feliz sabiendo que el matrimonio que ella
había considerado una farsa planeada por Guido para
tenerla donde quería, o sea, en su cama, era un con-
trato que los unía de por vida.

La idea de estar unida a él, legal o emocionalmente,
o de cualquier otro modo, le resultaba tan horrible

como una sentencia de cadena perpetua, un período interminable por orden del más cruel de los jueces: los hados que tenía su futuro en sus manos.

—¡No lo deseo!

—Yo tampoco —aseguró Guido—. Pero parece que no tenemos opción. Estamos casados, unidos para lo bueno y lo malo y tenemos que aceptarlo. Lo único que podemos hacer es pensar qué vamos a hacer al respecto.

Que Guido usara el plural la desconcertó. Empezaron a temblarle las piernas. Ella había pensado que tendría que enfrentarse a aquello sola, después de que Guido hubiera acabado con su futuro.

Pero desde luego no quería pensar en ellos como en «nosotros» porque eso significaría una conexión con él y ella no deseaba estar con él de ninguna manera.

—¡Nosotros no vamos a hacer nada! —declaró, levantando la barbilla mientras lo miraba con sus relucientes ojos verdes—. No quiero tener nada que ver contigo y, desde luego, no quiero que vuelvas a inmiscuirte en mi vida nunca más.

—No me has dejado alternativa —razonó Guido, en un tono tan frío y controlado que Amber sintió que se le helaba la sangre—. Alguien tenía que detenerte antes de que cometieras el peor error de tu vida.

—No, éste no era el peor error de mi vida —Amber sacudió la cabeza con tal violencia que se le escaparon varios mechones más del elaborado recogido—. Mi peor error fue casarme contigo y, desafortunadamente para mí, no había nadie a mi alrededor para detenerme antes de hacer lo que hice. Esto no es nada comparado con aquello.

Estaría bien si pudiera creérselo. Ayudaría estar convencida de ello, porque así podría haber usado un tono con el que convencer a la bestia negra que tenía delante, con los brazos cruzados sobre el poderoso pecho, estudiándola detenidamente, observando el efecto de las emociones que recorrían una y otra vez su rostro.

–Has arruinado mi vida, destruido mis esperanzas de futuro y, te aseguro, que no quiero tenerte cerca, empeorando aún más las cosas, obligándome a soportar tu odiosa presencia como una forma de tortura añadida. ¡Haré esto a mi manera! –continuó ella.

Recogiéndose el vestido, giró sobre sus talones y empezó a alejarse del altar, el sonido de sus tacones sobre las losas de piedra resonaba en el tétrico silencio.

–¿Y qué crees que puedes hacer? –la desafió Guido.

–¡Ya pensaré en algo! –dijo ella por encima del hombro, obligándose a no detenerse, a no ceder ante la repentina debilidad de sus piernas–. Haré cualquier cosa, lo que sea.

–¿Incluso enfrentarte a un divorcio en los tribunales?

–Eso será lo primero que haga en cuanto salga de aquí.

–¿Y a los periódicos?

–¿Los periódicos? ¿Por qué habría de interesarles esto?

A pesar de sí, no pudo controlar el temblor nervioso y disminuyó el paso. Por mucho que se esforzara, no consiguió seguir andando y se detuvo abruptamente antes de que las piernas se le doblaran y cayera allí mismo. Tuvo que esforzarse para que pareciera que se había parado por mera curiosidad, y se apoyó contra un banco cercano, sin mirarlo de frente.

–Ya veo los titulares: *Caos en la boda de sociedad…*

La voz de Guido llegó flotando a lo largo de pasillo,

burlona, y Amber hizo una mueca de dolor al tiempo que apretaba los dientes.

–*Hijo de aristócrata plantado en el altar por su mentirosa prometida.*

–Yo no… –comenzó Amber, pero Guido la ignoró y continuó con su pérfida letanía, su tono cada vez más duro y brutalmente triunfal.

–*Bígama al descubierto mientras llevaba a cabo su plan para lograr título y fortuna.*

–¡No estaba mintiendo! ¡No lo sabía!

–Veo que no niegas lo del título y la fortuna –dijo él.

–No voy a negar nada ni a confirmar nada, si es lo que piensas.

De alguna manera, Amber sacó la fuerza para moverse y continuó hasta casi alcanzar la puerta.

–¡Ni siquiera voy a seguir hablando de esto contigo! –añadió.

Amber sólo podía pensar en salir de allí, en alejarse de la marea de amargos recuerdos que la inundaba cada vez que lo miraba. Mirarlo ya era bastante malo, pero encima haberlo besado…

No se explicaba cómo había podido hacerlo. Era como si no hubiera tenido voluntad propia, ni orgullo, ni…

Todo pensamiento murió al abrir la puerta y ver quién la estaba esperando fuera. La multitud de gente que se había congregado para ver su llegada, parecía haberse multiplicado. Un mar de personas la esperaban y, nada más verla, se agolparon contra ella.

–¡Señorita Wellesley! Sólo un minuto…

Un flash brilló delante de ella, haciéndola guiñar los ojos con violencia. A ese flash siguió otro, y otro, obligándola a cubrirse el rostro con las manos.

–¿Es cierto que ya está casada, señorita Wellesley, con Guido Corsentino?

–¿De verdad creía que nadie descubriría el caso de bigamia?

–¿Cuántos maridos tienes, Amber?

Amber retrocedió ante la marea de micrófonos con los que los periodistas la instigaban. La multitud la rodeaba, pero ya no veía los amables y sonrientes rostros de los habitantes del pueblo que la habían saludado a su llegada. Algunos de los presentes tenían micrófonos, otros llevaban cuadernos de notas, y por todas partes, saltaban aquellos odiosos flashes.

–Yo… –comenzó, pero su mente y su voz no parecían trabajar al unísono. Sobrepasada por el pánico, no consiguió pronunciar una sola palabra–. Yo… –lo intentó nuevamente, momentos antes de gritar atemorizada al sentir que la multitud seguía presionándola, como si fuera a engullirla.

En un frenético movimiento, retrocedió y el estrecho tacón del zapato se enganchó con el dobladillo del vestido, haciéndole perder el equilibrio. Se habría caído de no ser por el fuerte brazo masculino que le rodeó la cintura para mantenerla en pie. Con la otra mano, alcanzó el pomo de la puerta y formó una barrera protectora entre Amber y la multitud.

–No hay comentarios –declaró con voz fría y fuerte acento–. Ahora no. ¡Tendrán su historia más tarde!

Para dar más énfasis a esa última declaración, cerró de golpe la puerta en las narices del fotógrafo más atrevido. Sin soltarla, Guido echó el cerrojo y se apoyó contra la puerta, aprisionándola entre sus brazos.

–¡Ya te lo advertí! –dijo Guido, con los ojos de color bronce fijos en los de ella–. Es obvio que las noticias vuelan en este país.

–¿Pero cómo…? –tartamudeó Amber.

Aunque ella misma sabía la respuesta. La noticia de la boda había armado un gran revuelo entre la prensa rosa. La unión del heredero de una de las haciendas más grandes del país, propiedad que llevaba aparejado el título de conde que lo elevaría a uno de los lugares más poderosos de la aristocracia, estaba destinada a ser noticia. Si a eso se le añadía el hecho de que, durante mucho tiempo, Rafe había sido protagonista de historias en revistas del corazón, el desplante en la iglesia, bajo acusación de bigamia, se convertiría en el tema de cotilleo de todos los medios.

—¿Qué voy a hacer?

La pregunta no iba dirigida a Guido, sino al maligno hado que lo había devuelto a su vida en ese preciso momento. Seguía sin creer lo que había sucedido. Tan segura estaba de que su rápido y corto matrimonio con Guido Corsentino había sido sólo una farsa. Él mismo le había dicho que no era válido. Que su salvaje romance no había sido más que una fantasía de su imaginación; su boda en una capilla de Las Vegas, sólo un medio para conseguir un fin.

Las crueles palabras de Guido resonaban en su mente: «Fue una farsa de principio a fin, pero funcionó. Me sirvió para tenerte en mi cama, tal como era mi intención». En su momento, creyó esas palabras, pero ahora resultaba que estaba legalmente unida a aquel hombre y, por tanto, sus esperanzas de una vida y un futuro, se habían desvanecido.

Entre la bruma que nublaba sus ojos, en parte por la desesperación y en parte por las lágrimas, Amber luchó por levantar la vista al hombre que la sostenía en sus brazos, deseando saber cuáles eran sus pensamientos.

—Has dicho antes que... que tendrían su historia más tarde —logró decir, entre los labios rígidos por el miedo.

–Y la tendrán –respondió Guido con asombrosa calma–. En cuanto se nos ocurra qué queremos que crean.

De nuevo estaba hablando de actuar en común, como si ella no tuviera que ocuparse de nada porque él tenía el control. Y lo cierto era que, en ese momento, Amber no sabía qué quería. Era perfectamente consciente del calor que emanaba el cuerpo de Guido, de su fuerte brazo alrededor de su cintura, aplastándola contra él de tal forma que casi le impedía respirar.

–¿Queremos? ¿Por qué?

Amber se dio cuenta de que podía ser que su cuerpo emanara calor, pero su cerebro trabajaba con frialdad. De forma controlada y analítica. Incluso el miembro excitado que sintiera antes, había disminuido.

–Porque no tenemos elección –dijo él con calma–. La prensa nos ha visto juntos. Tu familia y también la familia de tu prometido. A partir de ahora estamos juntos en esto, te guste o no.

Capítulo 4

A PARTIR de ahora estamos juntos en esto, te guste o no».

A Amber no le gustaron nada esas palabras. Algo que a Guido le resultó obvio, a juzgar por lo que vio en su rostro, los ojos oscurecidos, la tensión de la mandíbula, los labios apretados. Quería que saliera de su vida, eso estaba claro. Pero en ese momento, creía que, verdaderamente, no tenían alternativa.

–¿Y qué tipo de historia tenías en mente? –preguntó ella en tono frío y lacónico, a juego con sus ojos que lo recorrían de arriba abajo con profundo desprecio.

La idea se le había ocurrido al verla levantarse el vestido y dirigirse a la puerta, huyendo tan rápidamente como había hecho la primera vez, y la llama del rechazo le había parecido tan amarga como aquella primera vez.

En ese mismo momento, Guido había tenido claro que no podía dejarla ir.

Momentos antes, la había tomado en sus brazos y la había besado, había notado el latido de su cuerpo inflamado, la pasión descarnada que había creído muerta. Ninguna mujer había provocado en él, en los doce meses que habían estado separados, lo que Amber Wellesley parecía capaz de provocar en un segundo.

Verla le había bastado para hacerle desear todo lo que una vez le diera aquella mujer. Tocarla había llevado el deseo hasta la categoría de incontrolable. Besarla lo había enardecido de tal forma que no podía soportar el tormento de estar lejos de ella.

Pero tenía que contentarse con ese beso. Sabía que remover los recuerdos, la pasión que creía muerta y enterrada bajo los amargos sentimientos que le había producido su huida, sólo le causaría problemas. Pero se había pasado todo un año tratando de superar esos sentimientos y no lo había logrado.

Por eso, verla huir de él por segunda vez, había despertado en él la convicción de que no podía dejar que volviera a ocurrir. No podía dejar que aquella mujer lo abandonara de nuevo.

—¡No! —exclamó de pronto, como si sólo de esa manera pudiera detener sus pensamientos.

—¿No? —preguntó ella—. ¿No tienes una historia o no...?

—Claro que tengo una historia para ellos...

De pronto, horriblemente consciente de que seguía teniéndola en sus brazos, Guido la soltó de forma tan brusca, que Amber casi se cayó al suelo. Sin salir de su asombro, Amber tuvo que apoyarse en la pared para no perder el equilibrio.

—¡Entonces cuéntamela!

—No vas a... —comenzó Guido, pero se detuvo en seco. No serviría de nada advertirla. Se opondría a todo lo que dijera. Así que se lo diría y, por lo menos, estaría en posición aventajada para volver a sorprenderla—. Les haremos ver que somos una pareja.

—¿Qué? ¿Hacerles creer...?

—Que estamos juntos de nuevo.

—¡Será una broma!

—No es ninguna broma —Guido sacudió la cabeza—. Es la única forma de salir de aquí con cierta reputación y poder seguir mirando a la gente a la cara. Tus posibilidades de casarte con St. Clair son nulas...

–¡Gracias a ti!

Guido bajó la vista hacia los pequeños puños apretados de Amber. En sus ojos leía lo tentada que estaba de golpearlo. Tal vez debería decirle la verdad sobre su prometido. Ya se vería si querría golpearlo si conociera al verdadero Rafe St. Clair y la forma en que aquel hombre pensaba utilizarla para sus propios fines.

–¡Has destruido mi vida!

–No, *cara* –respondió Guido–. Lo hiciste tú sola al intentar conseguirte un nuevo marido antes de deshacerte del primero.

–¡Pero tú dijiste que no era un matrimonio legal!

–Dije que el nuestro no era un matrimonio real, no es lo mismo. El matrimonio que abandonaste era perfectamente legal, perfectamente vinculante, tal como habrías comprobado si te hubieras molestado en informarte.

–No creí que fuera necesario.

Amber no podía creer lo estúpida que había sido. Desde el día que lo abandonó se había esforzado por olvidarse de la farsa de su matrimonio con él. Había escondido sus pensamientos en un compartimento sellado dentro de su memoria y se había negado a repasarlos bajo ningún motivo. Cuando Rafe le pidió que se casara con él, se preguntó, sólo brevemente, si debería asegurarse de la legalidad de su primer «matrimonio». Pero recordar el tono brutal y las palabras de desprecio de Guido, le había servido para no pensar en la necesidad de hacerlo.

Eso y el miedo, que, al igual que en el pasado, volvió a atenazarle la garganta una vez más. Si hubiera sabido que la ceremonia de Las Vegas era legal, habría tenido que decírselo a Rafe y, lo que era aún peor, habría tenido que contactar con Guido para pedirle el divorcio.

Se había comportado de forma cobarde, y estúpida, al querer creer que el matrimonio no había existido jamás.

–Para serte sincera, ni siquiera recordaba el tiempo que estuvimos juntos –mintió en un intento desesperado por protegerse de la angustia que le estaba despedazando el corazón–. No tuvo la menor importancia.

En los ojos de Guido comenzó a arder la llama de la ira y un músculo de su mejilla se estremeció. Amber retrocedió apresuradamente por el pasillo y se metió entre dos bancos, en un intento de buscar protección. Se sintió mejor. Guido nunca le había hecho daño físico, pero la angustia emocional por la que la había hecho pasar había sido bastante cruda. Y para un corazón roto, ninguna madera, por sólida y noble que fuera, ofrecía protección alguna.

–¿Tanta prisa tenías por entrar en la aristocracia que ni te molestaste en comprobar la legalidad de nuestro matrimonio? –preguntó él, rígido–. No deberías mostrarte tan descuidada respecto a la legalidad de tus matrimonios, *carissima*. Ahora, te has quedado sin el título que tanto deseabas…

–¡Y el marido que quería!

Guido se detuvo en seco al oírlo. Por un momento, un sentimiento nuevo asomó a sus profundos ojos. No era rabia sino algo mucho más oscuro y peligroso.

–¿Entonces pretendes decirme que era el hombre lo único que te importaba en todo esto? No irás a decirme que lo amabas, ¿verdad?

Amber se sujetó al respaldo del banco, hasta que le blanquearon los nudillos. Sabía que se estaba moviendo en arenas movedizas. Un paso en falso y se traicionaría, lo cual la dejaría en manos de su torturador y, además, le daría las armas perfectas para seguir torturándola.

–¿Se te había ocurrido pensar en ello antes de entrar

aquí dispuesto a arruinar mi vida? –preguntó ella, con una voz tensa que resonaba en el techo abovedado de la iglesia–. ¿Te paraste a pensar en lo que estabas haciendo?

–¿Y eso qué importa? –replicó Guido con el mismo tono duro–. ¿Lo amas?

Amber deseó poder decir que sí, que amaba a Rafe con locura. Deseó poder contestarle, desafiante, pero cuando abrió la boca, pudo más la honestidad.

No se casaba por amor, eso hacía tiempo que lo sabía. Una vez intentó que fuera por amor y le había explotado en la cara. No quería correr el riesgo de volver a sufrir una nueva y amarga desilusión. Esa vez se casaba por amistad, lejos de sentir las dentelladas de la pasión que le habían destrozado el corazón una vez. Se casaba por la libertad, por el consuelo y sí, por una vez en la vida, por ver sonreír a su madre.

–Quería casarme con él –se limitó a decir.

–No hace falta que lo jures. Después de todo, el honorable Rafe St. Clair tenía mucho más que ofrecer que un fotógrafo aparentemente sin un céntimo que trata de ganarse la vida en Las Vegas.

–¿Aparentemente?

La palabra no le había pasado inadvertida y Amber levantó la vista y lo miró con gesto confuso. Pero Guido no parecía dispuesto a explicar nada. En vez de ello, levantó una mano en un arrogante gesto, como si le restara importancia.

–Pero eso no soluciona nuestro problema más inmediato. Los *paparazzi* no se quedarán esperando para siempre. Quieren una historia y cuanto antes, mejor. Deberíamos darles una...

–Decirles que seguimos siendo pareja –lo interrumpió Amber. El tono cínico e incrédulo de su voz le dejaba claro lo que opinaba de la idea.

–Que hemos vuelto –corrigió Guido con suavidad–. ¡Les encantará oírlo!

–Puede, pero a mí no. Y no se me ocurre por qué piensas que eso podría funcionar.

–Vuestra prensa inglesa adora una buena historia de amor. Quieren escribir sobre el final feliz y lo de comer codornices.

–Comer perdices –corrigió ella automáticamente–. Sabes perfectamente bien que lo que he querido decir es que puede que a ellos los engañes, pero a mí no.

–No tengo que engañarte a ti –dijo él, con desprecio–. Sólo hay que engañar a la prensa. Y si los convencemos de que no sabías lo que hacías al aceptar la proposición de Rafe, porque tenías el corazón roto…

–¿Por haberte perdido? –se burló Amber, consciente de que era necesario que su voz sonara desdeñosa para ocultar el incómodo y doloroso nerviosismo. El escenario presentado por Guido se acercaba peligrosamente a la verdad–. ¡No me hagas reír!

–Pero al vernos de nuevo, a pesar de las circunstancias… –insistió Guido, ignorando claramente sus cínicos comentarios–. Nosotros…

–No me lo digas: Nosotros nos miramos a los ojos y nos dimos cuenta de que seguíamos amándonos tanto que caímos el uno en brazos del otro…

–Algo así. No importa cómo lo digamos. Cualquier cosa, con tal de que salgamos juntos de esta iglesia para enfrentarnos con esa manada de hienas y darles una historia lo suficientemente creíble como para que puedan sacarla en la edición de mañana.

–¿Y crees que se la tragarán?

Amber tenía que admitir que ella estaba tentada. Por varios motivos. Cuando su mundo se había quedado reducido a cenizas apenas media hora atrás con la irrupción de Guido en su boda, tan sólo había podido pensar en buscar un sitio en el que esconderse hasta que pasara la tormenta. Pero eso no iba a ocurrir. No podía huir. No tenía a nadie a quien acudir. Excepto Guido.

No tenía nada que hacer con Rafe, después de la mirada de odio que le había echado. Junto a él, podía despedirse de su familia, quienes nunca olvidarían el insulto recibido. Su propia madre no olvidaría jamás la humillación pública, el último de una larga lista de defectos por los que nunca sería lo que esperaba de ella.

No podía buscar ayuda en nadie más que en Guido.

Por primera vez en los largos minutos que llevaba en el refugio de aquel banco, Amber miró a Guido a los ojos. Vio la postura en que apoyaba su esbelto y poderoso cuerpo en la sólida puerta de madera de roble de la iglesia, tras la cual se oía el rumor de las voces de los periodistas. De vez en cuando, alguno la aporreaba, destruyendo toda esperanza de que se hubieran hartado de esperar y se hubieran ido a casa.

Una de esas veces en que los golpes se encargaban de devolverla a la realidad, Amber trató de encogerse. Esa vez, los golpes fueron acompañados por una voz.

–Señorita Wellesley, sólo quiero hacerle unas preguntas. Tendrá que salir de ahí en algún momento.

Aterrada, Amber miró a Guido, pero no vio en sus rasgos ni un ápice de la aprensión que ella sentía. Antes bien, parecía totalmente relajado, la orgullosa cabeza apoyada sobre la puerta, los musculosos brazos cruzados sobre el pecho. Tenía también las firmes piernas cruzadas, a la altura de los tobillos, de forma que tiraban del material de los pantalones dejando a la vista unos musculosos muslos y unas caderas estrechas. Se le secó la boca en respuesta a la sensual provocación.

Su rostro también parecía relajado, los ojos oscuros ligeramente ensombrecidos cuando se cruzaron con la mirada de valoración de ella. Se encontraba entre ella y el «enemigo», lo cual lo convertía en una suerte de protector, pero no pudo evitar preguntarse si las apariencias la estaban engañando y sería Guido el único enemigo.

–Veámoslo de esta manera –dijo Guido, finalmente–. Creo que ésta es la única manera que tienes de salir de aquí dignamente. Puedes salir de esta iglesia conmigo, como mi mujer, o puedes enfrentarte sola a los buitres.

–Esto es lo que se dice estar entre la espada y la pared –dijo Amber, tratando de reír despreocupadamente, sin conseguirlo.

–¿Eso es un no? –preguntó él, con dureza, apartándose de la puerta.

Amber lo miró. Le parecía aún más alto y más fuerte, sus hombros más anchos y su cabeza más elevada, de forma que resultaba aún más imponente que antes.

La idea le resultó tan descorazonadora que tuvo que sentarse en el banco, retorciendo en las manos el sedoso tejido de su vestido de novia.

–¿Y bien? –la presionó Guido.

–Yo…

Dos veces abrió la boca Amber para responder y las dos veces las palabras se negaron a salir.

–*Così sia!* –Guido alzó ambas manos en un gesto de impaciencia muy italiano–. Si esto es lo que quieres, allá tú. Arréglatelas tú sola.

Y se dio la vuelta. Amber cobró conciencia de que tenía la intención de irse y dejarla allí sola. Tan pronto como saliera por la puerta, los periodistas y los fotógrafos entrarían en la iglesia… Sobrecogida por el pánico, se puso en pie sujetándose firmemente al respaldo del banco y dio un par de pasos en dirección al pasillo.

–¡Espera!

Guido tenía la mano en el pomo ya, dispuesto a girarlo y, por un momento, Amber creyó que no la había oído o, si lo había hecho, había decidido ignorar su grito desesperado. Pero entonces, se detuvo. Dejó caer la mano del pomo. La miró brevemente por encima del hombro.

—¿Que espere? ¿A qué?

—Mi… respuesta —dijo ella por fin, consciente de que sólo había una respuesta posible.

—¿Y cuál es esa respuesta? —preguntó él, todavía de espaldas a ella.

—Mi respuesta es… ya sabes cuál es… es… ¿Puedes darte la vuelta, por favor?

—Como quieras…

Guido se tomó su tiempo antes de darse la vuelta, tanto que Amber pudo pensarse dos veces habérselo pedido. Y cuando por fin estuvieron cara a cara, aquellos relucientes ojos de color bronce fijos en su rostro, tuvo que tragar para pasar la agónica tensión que se le había formado en la garganta. Deseó haberse quedado callada y haber dejado a Guido donde estaba, así le habría resultado más fácil decirle lo que le tenía que decir. Sin ver aquellos rasgos esculpidos en roca, aquellos ojos fríos y duros como el hielo.

—Pero… hay algo que necesito saber.

Guido guardó silencio cuando Amber se detuvo. La forma, casi imperceptible, en que elevó la cabeza fue el único signo de que la había oído y estaba esperando a que se explicara.

—No comprendo muy bien. Si hacemos lo que dices, ¿qué sacarás tú de ello?

Guido no dudó y su mirada profunda y oscura no vaciló tampoco, sino que se mantuvo fija en la de ella, abrasadora como un rayo láser, marcándola como si fuera un hierro candente.

—Yo conseguiré lo que quiero —dijo él con una calmada determinación que le puso el vello de punta a Amber.

–¿Y qué es lo que quieres?

La hermosa boca de Guido se curvó en una sonrisa, pausada y peligrosa, que le provocó un escalofrío al tiempo que una llamarada de fuego le recorría las venas y su piel se sonrojaba.

–Vamos, Amber, no te hagas la inocente. No es propio de ti. Nunca lo fue. ¿No es obvio? Te consigo a ti.

–¿A mí? –dijo ella, con una mezcla de horror y repulsa, un sonido que debería haber provocado una respuesta de parecida dimensión en el hombre que tenía delante. Pero Guido se limitó a asentir con la cabeza, sin apartar la abrasadora mirada de ella.

–Te conseguiré a ti. Siempre te he querido y ahora volverás a mi vida… y a mi cama.

Aunque pronunciadas con suavidad, sus palabras rasgaron la capa protectora de Amber haciendo que se sintiera vulnerable y peligrosamente expuesta.

–¡Sólo me he comprometido a actuar como tu esposa, no a serlo de verdad! –protestó ella con vehemencia–. ¡No será un matrimonio de verdad!

Esperaba que su ferviente protesta despertara de nuevo la ira que Guido le mostrara antes, pero, en su lugar, se limitó a sonreír, maliciosamente, con esa sonrisa suya tan peligrosa y tan seductora.

–Yo me ocuparé de eso, por ahora.

–¡No me acostaré contigo! –exclamó ella, incómoda al percibir el sutil énfasis en las dos últimas palabras–. Si es una condición para que me ayudes...

–No lo es –la interrumpió él, pero justo cuando Amber se estaba relajando, volvió a sonreír–. No necesariamente. No tengo que lanzarte un ultimátum ni ponerte condiciones. Te conozco y sé lo que ocurre cuando estamos juntos.

La arrogancia de sus palabras la dejó boquiabierta de incredulidad.

–Te quedarás conmigo hasta que se calme este *chiasso* de intento de segundo matrimonio y mientras estemos juntos serás mi esposa. Estoy seguro de que pronto recordarás que el matrimonio no es sólo una atadura, sino también un gran placer.

–No lo haré. Yo nunca…

Las palabras murieron en su lengua al ver que Guido cubría la distancia que los separaba hasta detenerse justo delante de ella. Entonces, le puso la mano debajo de la barbilla y le levantó la cara hacia él. Amber notó que la mirada oscurecida le quemaba la piel, el aroma varonil que despedía su cuerpo la embargaba, y sintió la boca tan seca que tuvo que humedecerse los labios con la lengua.

–Ya sabes lo que dicen, «Nunca digas nunca», *cara*, y créeme, en nuestro caso será cierto.

–Nunc...

–Calla… –murmuró él suavemente, al tiempo que le ponía un dedo en los labios–. No digas algo que puedas lamentar después. No me importa esperar… un tiempo –su tono subrayaba las ominosas palabras–. Sé que merecerá la pena esperar, pero también sé que para ti será más difícil que para mí.

Con el dedo silenciador aún sobre sus labios, Amber no se atrevió a decir nada, aparte de que no sabía qué podría argumentar para negar la inaudita afirmación, la escandalosa confianza que Guido tenía en sí mismo.

Éste simplemente ignoró su negativa silenciosa. Quitó el dedo y lo sustituyó por sus propios labios, que presionaron los labios entreabiertos de ella con un pausado beso, absorbiendo el aliento y la compostura de ella.

Amber deseó poder controlar sus reacciones al contacto de él. Quería quedarse inmóvil, no mostrar reacción alguna, para convencerlo de que aquel beso no significaba nada para ella. Que era inmune a su contacto...

Pero su traicionero cuerpo no entendió el mensaje que su aterrado cerebro le estaba lanzando. Y, en vez de ponerse rígida, su esbelto cuerpo se acomodó al de él. Su boca se suavizó, dejando que la lengua de él le acariciara los labios hambrientos, penetrara en la húmeda cavidad que había más allá.

–Ya lo ves, *bellísima* –murmuró sin despegar los labios–. Te conozco. Y sé lo que quieres.

–Yo no... –Amber trató de hablar, pero Guido sacudió la cabeza y le impidió que siguiera hablando con un nuevo y profundo beso. Esa vez, Amber notó que la sangre le latía con fuerza en las venas.

–Lo que no quieres es a un aristócrata inglés de sangre fría como Rafe St. Clair. Lo que necesitas es un hombre de verdad.

–Como tú, claro –dijo Amber, despegando los labios. Apartó entonces la cabeza y lo miró con lo que esperaba fuera un gesto desafiante en sus ojos verdes, mientras luchaba por ocultar lo mucho que su contacto la había debilitado.

Guido le dedicó su sonrisa de tigre nuevamente mientras le acariciaba un lado del rostro, descendiendo hasta el cuello y el profundo escote en V de su vestido. Su sonrisa se amplió al comprobar la temblorosa reacción de Amber bajo sus dedos, una reacción que no podía controlar.

–Yo puedo darte mucho más que ese inglés con agua en las venas. Puedo darte la pasión que necesitas, la sensualidad que anhelas. Sé cómo eran las cosas entre nosotros; cómo podrían volver a ser. Puedo...

–¡No! –exclamó Amber, sacudiendo la cabeza con tanta fuerza que hasta sacudió el velo alrededor de la cabeza, al tiempo que varios mechones más escapaban de su recogido, enmarcándole el rostro–. ¡No, no, no! Eso no es lo que yo quiero y eso no es lo que va a suceder. Lo que tuvimos fue un error, el peor que he cometido en mi vida. Y no volverá a ocurrir. Preferiría morir que volver a ese matrimonio.

–*Carissima*, eres una mentirosa –dijo Guido, suavemente–. Tus palabras, tus protestas, son una mentira. Incluso te estás mintiendo a ti misma y no muy bien. Disfrutaré mucho demostrándote que tus palabras no son ciertas, aunque me lleve un tiempo. Un día, vendrás a mí suplicándome que te perdone por haber dicho estas cosas, y yo… yo te estaré esperando. La espera habrá merecido la pena. Ahora… –sostuvo el brazo en alto, esperando que lo tomara.

–¿Qué? –preguntó ella, aún atónita por la manera en que Guido había desestimado sus protestas.

–Vamos a poner en marcha la primera fase de nuestro plan. Vamos a salir ahí como marido y mujer.

–¿Vamos? –repitió ella, preguntándose si Guido seguía esperando que lo acompañara después de lo que le había dicho.

–¿Quieres echarte atrás?

Amber se preguntó si quería, o más concretamente, si podía hacerlo. Si no se iba con él, se quedaría sin nada y sin nadie. Era Guido o…

En silencio, asintió con la cabeza, estremeciéndose interiormente al ver la sonrisa de satisfacción que se abrió en el rostro de él, el brillo del triunfo en sus ojos.

–Entonces… –sostuvo el brazo en alto nuevamente, y esa vez Amber lo tomó, notando los músculos de su antebrazo bajo los dedos. El calor que emanaba de su cuerpo le abrasaba el punto en que su codo se mantenía junto al fuerte muro de sus costillas, notando el latido regular de su corazón.

Guido se había metido la otra mano en el bolsillo de la chaqueta del que sacó un delgado móvil plateado, lo abrió y presionó un botón de llamada memorizada.

–¿Qué…?

–Tengo un coche esperándonos aquí cerca –explicó él antes de colocarse el auricular y dar una serie de órdenes en un italiano rápido y autoritario–. Franco lo traerá hasta la puerta, así podremos salir rápidamente y, con suerte, no tendremos que soportar demasiados ataques de esos buitres.

–Pero nos exigirán una declaración, algo que explique todo esto… ¿Qué vas a decirles?

–Déjamelo a mí –dijo Guido, en tono calmado pero firme–. Sólo sígueme la corriente.

Y, súbitamente, sintió que eso era lo único que deseaba hacer: rendirse a la fuerza de su cuerpo y de su mente; dejarle que tomara el control y manejara la situación, algo que ella sabía que era muy capaz de hacer.

Mientras avanzaban del brazo por el pasillo en dirección a la puerta, Amber tuvo una repentina y horrorosa visión del aspecto que debían de tener para alguien extraño que los viera. Ella vestida de novia y él con un elegante traje negro confeccionado a medida, la cabeza alta, la mano en el brazo de ella mientras la acompañaba desde el altar hacia la puerta.

De esa guisa, cualquiera los habría tomado por una feliz pareja que abandona la iglesia tras su enlace matrimonial, dispuestos a comenzar una nueva vida juntos, una vida para amarse y compartir, como marido y mujer. Sólo que la imagen era terriblemente falsa, una mentira que le destrozaba el corazón.

Y justo entonces, cuando menos preparada estaba para soportarlo, su mente le jugó otra mala pasada en forma de doloroso recuerdo. Se vio a sí misma un año antes, en un día de finales de invierno en Las Vegas.

La boda se había organizado a toda prisa, tanto que sólo había podido contar con un sencillo vestido de algodón blanco. La única flor que había llevado había sido una rosa de color rojo encendido que Guido le había dado al salir del taxi frente a la pequeña capilla. No había contado con las sedas que vestía en ese momento; no había llevado un vestido de cola ni una tiara en el pelo, pero aquel día había sido el más feliz y gozoso de su vida, a la espera de su nuevo futuro. Hasta que el hombre con quien se había casado, el hombre que en ese momento caminaba a su lado en una amarga parodia del paseo hacia la felicidad que realizan unos recién casados, le había demostrado ser tan falso como aquella boda.

Las lágrimas más amargas le ardían en lo más profundo de la garganta, en los ojos. Para no derramarlas, Amber tuvo que parpadear rápidamente varias veces. No sabía adónde iba, tenía que confiar en Guido, que la llevó hasta la puerta, la abrió y entonces, se encontró fuera, bizqueando frente a la cegadora mezcla de la luz del sol y los flashes, entre los clics de las cámaras y la miríada de preguntas.

–Señorita Wellesley, Amber…

Las lágrimas le impedían ver, tanto que tropezó y se habría caído de no haber sido por la rápida reacción de Guido, que le rodeó la cintura con su fuerte brazo.

–Sólo un par de preguntas…

Pero esa vez fue diferente. Esa vez, no era sólo ella la que estaba en la línea de fuego. Para su desconcierto, el nombre de Guido también estaba en boca de los periodistas.

–Unas palabras, por favor, señor Corsentino…

A medio camino de los escalones, Guido se detuvo, sin soltar a Amber. Automáticamente, ella se giró hacia él, confundida por la súbita parada, pero él no la estaba mirando a ella, sino a la multitud allí congregada, con frío control.

–Haré una declaración completa al final del día que espero responda todas sus preguntas, pero, por ahora, lo único que tienen que saber es que mi esposa y yo nos hemos reconciliado. Lo que ha ocurrido aquí hoy ha sido una sorpresa para ambos, que nos hemos dado cuenta de que seguimos amándonos y seguimos queriendo un futuro juntos. Lo único que les pedimos es que nos dejen hacerlo en paz.

Para asombro de Amber, el anuncio pareció funcionar. Con toda seguridad, el zumbido de preguntas se suavizó y, aunque seguían saltando algunos flashes, la intensidad había disminuido.

Apenas pudo comprobar que eso era así cuando un elegante coche se detuvo delante de la verja de entrada. Amber se preguntó si sería… pero no pudo ni formar el pensamiento. Guido la llevaba sujeta por la cintura, atravesando a grandes zancadas la marea de periodistas, tanto si estaba preparada para ello como si no.

Le pareció ver una figura uniformada que salía apresuradamente del coche y les abría la puerta trasera, junto a la cual permaneció mientras Guido la ayudaba a entrar y después entraba él mismo. La puerta del coche se cerró entonces, el conductor tomó asiento y puso el coche en marcha antes de que Amber hubiera podido comprender lo que estaba ocurriendo.

Guido se reclinó entonces sobre el respaldo y se pasó ambas manos por el negro cabello antes de volver sus profundos ojos marrones hacia ella. No había calidez en ellos, no la había en todo su rostro.

–Bien, terminada la fase uno –dijo él en tono apagado–. Y ahora, a por la fase dos.

Capítulo 5

¿A DÓNDE vamos?

Guido tuvo que admitir que Amber había tardado en preguntarlo más de lo que él había esperado. Tan convencido estaba de que la sorpresa la había dejado sin habla que casi dio un respingo al oír su suave voz. Advirtió un gesto de confusión en los ojos verdes de Amber y su ceño fruncido mientras consideraba el posible destino.

–Te he preguntado que adónde vamos. ¿Adónde me llevas? –repitió ella, al ver que Guido se tomaba unos segundos en contestar.

Guido pensó que no le iba a gustar la respuesta. De hecho, estaba más que seguro de que su destino era el último que ella habría deseado, pero desde el momento en que había aceptado ir con él, había decidido que así era como quería hacer las cosas y no tenía intención de echarse atrás.

–Vamos a… –comenzó él, pero no fue necesario que continuara. Al doblar una curva, apareció el lugar. Amber contempló boquiabierta el elegante edificio blanco.

–¡No!

Durante unos segundos de aturdimiento, Amber se limitó a mirarlo fijamente, sacudiendo la cabeza con incredulidad.

–¡No! –exclamó, girándose hacia él, como una furia–. ¡De ninguna manera! ¡Ése es el hotel en el que iba a celebrarse la recepción!

–Lo sé, y ahí es donde –se detuvo, tratando de encontrar la palabra más adecuada–, la no-boda va a celebrarse. Franco me ha dicho que los padres de tu ex prometido han decidido no malgastar lo que han pagado para la celebración del banquete. Tras cancelar la boda, les dijeron a todos sus amigos que vinieran.

–¿Entonces qué estamos haciendo aquí?

–Me pareció que sería una buena idea unirnos a ellos.

–¡Te pareció! –exclamó ella, furiosa–. Pues será mejor que te lo pienses dos veces. De ninguna manera entraré ahí.

–Sí que lo harás.

–¡No puedo! No querrán ni verme. De hecho, soy la última persona que esperarían en el… el funeral por la boda que no se ha celebrado. Ya has visto lo que ocurrió delante del altar.

–Lo vi.

El tono de Guido era tan insondable como sus pensamientos al recordar la reacción de Rafe St. Clair. Aquel hombre era un hipócrita además de un cobarde. Aun en el caso de que fuera un hombre decente, no tenía derecho a hablarle a una mujer de esa manera.

–Entonces podrás imaginar que no me van a recibir con los brazos abiertos. Más bien, me cerrarán la puerta en las narices.

–No lo harán porque yo entraré contigo.

La intención de Guido era la de tranquilizarla, pero consiguió el efecto contrario. El poco color que quedaba en sus mejillas se desvaneció, haciendo que sus ojos brillaran con un tono esmeralda aún más profundo.

–¡Eso sólo empeorará las cosas! ¿Por qué lo haces, Guido? ¿Qué esperas ganar con esto?

–¿Ganar? –repitió él, en tono mordaz–. Creía que

ya te lo había dejado claro. Quiero que vean que estás conmigo.

–Sólo hasta que pase el escándalo. ¿Y es necesario que se lo restriegues por las narices?

–¿Restregárselo…?

Guido levantó la manos en gesto de exasperación ante la imposibilidad de comprender alguno de los dichos más peculiares de aquella lengua.

–Si te refieres a que quiero que se den cuenta de que las cosas son distintas ahora, sí, lo deseo. Eres mía. La prensa lo sabe, los *paparazzi* lo saben, y ahora, tus poderosos y aristocráticos amigos también lo sabrán.

–Muy pocos de ellos son amigos míos. Yo no les caía bien, ni siquiera cuando iba a casarme con Rafe. Nunca me gustó la caza ni la pesca. Y está claro que ahora no van a ser más amables. Guido, por favor… –impulsivamente, se inclinó hacia delante, y posó una mano en su brazo–. No es necesario que lo hagamos. Podemos irnos, discretamente…

Guido se preguntó si acaso sabría Amber lo que le estaba haciendo; la feroz y ardiente necesidad que había despertado en la parte baja de su cuerpo el simple contacto de su mano. El tibio y suave aroma de su piel no hacía sino atormentar sus ya obnubilados sentidos, y creía estar hundiéndose en las profundidades de sus ojos verdes.

Sólo la seguridad de que ella sabía de sobra el efecto que tenía sobre él lo detuvo, evitando así que la tomara en sus brazos y la besara con toda la pasión de que era capaz. No era tan ingenua. Tan sólo lo hacía para distraerlo y hacerle olvidar el plan que tenía en mente. Pero no pensaba permitírselo.

–No vamos a irnos discretamente, *cara*. Entraremos en esa recepción y les dejaremos claro que eres mi esposa.

—¡Pero yo no quiero! No puedo hacerlo. Podemos irnos…

—¿Adónde?

—A tu casa, donde sea que esté.

—Mi hogar está en Sicilia. ¿Y de verdad crees que podrías tomar un vuelo, sin pasaporte… y vestida así?

Amber necesitó un momento para comprender el significado de sus palabras. Había olvidado que seguía vestida de novia. Al tomar conciencia de ello, lo miró consternada.

Una furia helada se apoderó de él al comprobar lo distintas que eran las cosas en ese momento en comparación con cómo lo habían sido un año antes en Las Vegas. Entonces, Amber no había dejado de reírse en todo el trayecto hasta el hotel, tras abandonar la hortera capilla; no lo había soltado del brazo, como si no pudiera creer que, de verdad, se hubieran casado. Durante un tiempo habían sido muy felices. Pero, de pronto, Amber cambió…

—Tendrás que quitarte esa ropa y la ropa que tenías previsto ponerte tras la ceremonia está en el hotel, al igual que tu pasaporte y tus maletas.

—¿Cómo lo sabes? —preguntó ella, suspicaz.

—Franco me lo dijo —contestó él, indicando al conductor tras el panel divisorio de cristal. Franco iba concentrado en el camino.

—¿Y cómo lo sabe él?

—Le dije que hiciera algunas averiguaciones, como lleva haciendo desde que me enteré de la boda. Quería que averiguara todo lo posible y me informara.

—¡Averiguaciones! —repitió Amber, con indignación, mientras sus ojos echaban chispas en señal de claro rechazo—. ¡Y que te informara después! ¿Has hecho que me investiguen?

—Naturalmente. ¿De qué otra manera habría podido

saber que se te declaró St. Clair? ¿Crees que había sido una casualidad que apareciera en este pueblo en el día y la hora exactos?

Amber tuvo que admitir que la verdad era que no había pensado en ello. Se había llevado una sorpresa demasiado grande, pero ahora que se veía obligada a pensar en ello, no le gustaba nada lo que estaba descubriendo.

–¡Naturalmente! –repitió ella, impregnando la palabra de todo el horror de que fue capaz–. Te diré algo, señor Corsentino. Puede que en Sicilia se pueda espiar a la gente y «hacer averiguaciones» sobre ella, pero a mí, no me parece nada natural. De hecho, creo que es una abominable y ofensiva invasión de mi intimidad.

–¿Habrías preferido que me hubiera quedado al margen y te hubiera dejado continuar con semejante acto de bigamia? –dijo Guido, el brillo burlón de sus ojos no hizo sino alterarla aún más.

–Habría preferido que te hubieras quedado al margen. ¡Punto! –le espetó ella–. Por tu culpa, el que se suponía que iba a ser el día más feliz de mi vida se ha convertido en mi peor pesadilla.

–¿Y el día de tu primer matrimonio? –preguntó Guido, lanzándole una cuchillada entre las costillas–. ¿Qué fue aquello entonces? Estoy seguro de que aquél se suponía que había sido el día más feliz de tu vida.

–¡Más bien el peor día de mi vida! –dijo ella, sin importarle lo que decía. Lo único que sabía era que necesitaba marcar puntos a su favor desesperadamente y devolverle los crueles golpes que había asestado a su corazón y a su alma–. El peor día, el mayor error, la cosa más estúpida que he hecho en mi vida. Para que lo sepas, odié cada minuto.

–Vale, vale, ya capto el mensaje –gruñó Guido.

El coche había enfilado el sinuoso camino de entrada hacia el hotel y, en cuanto se detuvo, Guido salió sin esperar a que el conductor uniformado pudiera hacerlo. Por un momento, Amber pensó que, en su negra furia, Guido irrumpiría en el hotel sin esperarla siquiera.

Pero entonces pareció pensárselo dos veces y, deteniéndose, le ofreció la mano para ayudarla a salir del coche.

Amber sintió remordimientos de conciencia al ver el gesto. Era demasiado tarde para contener las palabras que le había dicho, con la única intención de hacerle daño, por mucho que no fueran ciertas. El día que se casó con él había sido el día más feliz de su vida. De hecho, le dolía mucho pensar en lo feliz que había sido. No se dio cuenta hasta más tarde de que había sido un error.

–Amber… –Guido le tendió la mano, pero ella pareció vacilar.

Consciente de que no tenía más remedio que cooperar, si no quería que Guido la sacara en brazos del coche, cosa que podía hacer perfectamente, Amber se obligó a tomar la mano que le tendía. Era una locura, algo irracional, pero el simple contacto lo cambió todo. De estar temblando dentro del lujoso coche pasó a sentirse llena de coraje. La cálida intensidad del contacto con Guido, la facilidad con la que la sacó del coche y la sostuvo para que no perdiera el equilibrio, parecía fluir por su cuerpo, calmando su acelerado pulso.

La sensación le sentó como una cuchillada aún más dura en su ya incómoda conciencia.

–Una cosa –dijo Guido, en tono cortante, brutal–: cuando entremos, lo haremos como un equipo. Estamos juntos en esto y tenemos que actuar como tal en la historia que hemos convenido. La que le hemos contado a la prensa. Si con una simple mirada, una simple palabra, haces algo que desmienta la historia, te dejaré ahí dentro, sola con ese montón de aristocráticos buitres. ¿Entendido?

–Perfectamente.

¿Qué otra cosa podía hacer? Sin él, quedaría desprotegida; quedaría a merced de una gente que nunca la había considerado suficientemente buena para Rafe y menos en ese momento. Buitres, había dicho Guido, algo que los describía a la perfección. No dudarían en atacar a un ser herido a la más mínima señal de debilidad.

Estaban tan cerca el uno del otro que sus cuerpos casi se tocaban. Amber podía oír su respiración, aspirar el limpio aroma varonil que desprendía su cuerpo, podía perderse en las profundidades de sus ojos oscuros. Aunque esto último no hacía sino intensificar la incomodidad que la empujó a hablar de forma atropellada.

–Lo siento –dijo de forma impulsiva–. Siento lo que te he dicho antes.

La expresión impasible de Guido no se alteró un ápice.

–No pasa nada. Es mejor ser sinceros. Hace tiempo que dejamos de fingir y de decir sólo lo que el otro quería oír.

Y, dándose la vuelta, le tomó la mano con firmeza y echó a andar hacia las dobles puertas del hotel.

Amber lo siguió, aunque no quería entrar. No quería enfrentarse a Rafe y a su familia, incluso era posible que su propia madre estuviera presente. No comprendía por qué tenían que hacerlo, aparte de la arrogante determinación de Guido de que los St. Clair vieran que ella era sólo suya, que él, Guido Corsentino, se había llevado a la chica y su contrincante aristócrata la había perdido. De poder haberlo hecho, Amber habría salido corriendo, pero Guido no se lo habría permitido. Él era quien manejaba los hilos de aquella farsa mientras que ella sólo era su marioneta.

Pero, al menos, no tendría que enfrentarse a toda aquella gente ella sola. Lo tenía a su lado.

Tal como había dicho Guido, a partir de aquel momento estaban juntos en aquello, tanto si le gustaba como si no, y él no la dejaría sola. Si ella accedía a comportarse como su esposa, él estaría con ella, para apoyarla y protegerla como había hecho delante de los periodistas.

Además, tenía motivos más prácticos para entrar en el hotel. Aparte de que necesitaba cambiarse de ropa, necesitaría algunas otras cosas más si quería continuar con su vida. El pasaporte, aunque la idea de viajar hasta el hogar en Sicilia que había mencionado Guido le provocaba escalofríos, y también su bolso con su cartera, su dinero, sus tarjetas de crédito, su teléfono. Todo estaba en la habitación del hotel que le habían preparado para que pudiera cambiarse tras la recepción y ponerse el atuendo con el que saldría hacia la luna de miel que nunca iba a disfrutar.

Amber inspiró profundamente, recobrando la calma, y, levantando la cabeza, subió los escalones detrás de Guido, y atravesó, junto a él, el imponente vestíbulo, en dirección al salón en el que habría de celebrarse la recepción.

Sólo pareció vacilar al llegar a las puertas del salón, tras las cuales podía oírse el murmullo de la conversación. A través de los paneles de cristal decorado de la parte superior de las puertas, pudo ver a la multitud que llenaba el salón, la gente que Rafe y ella habían invitado a la boda.

Pero en vez de estar celebrando con ellos el enlace, ella estaba tras las puertas, observando como una intrusa la celebración de su propia boda, con el vestido de novia aún puesto pero de la mano de un hombre diferente, un hombre que, a ojos de la ley aunque no de su corazón, era su legítimo esposo.

–¡No me digas que has cambiado de idea! Es demasiado tarde para eso.

Por un momento, Amber no se dio cuenta de dónde provenían aquellas palabras. Tan sólo, percibió la furia, el trasfondo de enojo, que le provocaron un respingo. Cuando ya se daba la vuelta, reconoció la voz con tremendo pesar.

–Madre…

Pero Pamela Wellesley no quería escuchar. Su rostro estaba oculto tras una máscara pálida de fría rabia; sacudió la mano, de perfecta manicura, en el aire en dirección a la escena que estaba teniendo lugar tras las puertas decoradas.

–¿Ves a toda esa gente? ¡Ahí es donde podríamos estar, donde deberíamos estar, si tú no hubieras perdido el poco sentido común que tenías en esa estúpida cabeza tuya! No me han dejado entrar y todo es culpa tuya.

–Pero yo… –comenzó Amber, pero antes de que pudiera explicarse, Guido dio un paso hacia delante, pero bastó para que Pamela le prestara atención.

–Si quiere culpar a alguien, le sugiero que me culpe a mí.

–¡Usted! –exclamó Pamela, escandalizada.

–Así es –confirmó él con una calma sólo desmentida por la tensión que Amber pudo ver en su mandíbula y la forma en que había entornado los ojos para centrarse en el rostro de la mujer.

–¡Ha venido!

–Por supuesto –dijo él, en tono suave y casi amable.

Amber sintió un escalofrío al reconocer lo que se ocultaba tras aquel tono amable, que, increíblemente, había hecho callar a su madre. Los dos se estudiaban el uno al otro con actitud beligerante.

–¿Dónde habría de estar sino con mi esposa?

–Tu… –comenzó Pamela, pero se detuvo–. Entonces es cierto. Estáis casados…

–Lo estamos. Y también debería saber, puesto que lo podrá leer en los periódicos esta tarde, que hemos decidido intentarlo de nuevo. Eso significa que somos una pareja, y todo lo que tenga que decirle a Amber, me lo dirá a mí también.

No hubo amenaza ni agresividad en sus palabras, tan sólo la fría y dura certeza de que habían dañado el aplomo de su madre, haciendo que su mirada vacilara conforme dirigía los ojos hacia su hija.

–¿Es cierto?

Amber no necesitaba el apretón de advertencia que sintió en la mano para recordarle el trato.

–Perfectamente cierto –dijo ella, sorprendida de la confianza que fue capaz de insuflar en sus palabras–. Guido y yo estamos juntos. Mi futuro está con él.

Sonaba sincero, pero todo era una gran mentira. Sonaba como su sueño de un año atrás que en ese momento le oprimía el corazón, constriñéndole la garganta y quemándole los ojos. No podría haber dicho una sola palabra más, pero tampoco fue necesario. Su madre les había dado la espalda y ya se alejaba de allí.

–Espero que disfrutéis mucho juntos –le espetó, girándose de nuevo–. Pero no vengas corriendo cuando las cosas se tuerzan.

–No lo haré –dijo Amber, sin importarle si alguien la oía–. No lo haré… –repitió, mientras observaba cómo su madre se alejaba por el pasillo–. ¿Y ahora qué? –preguntó, cuadrando los hombros.

–Una menos. ¿Estás lista? –preguntó, indicando la puerta.

Guido podía sentir la tensión de Amber a través de sus manos unidas. Tendría que haber sido muy insensible para no darse cuenta de que había ido aumentando conforme se acercaban al salón, y, la confrontación con la bruja de su madre había sido la gota que colmaba el vaso. Estaba pálida, y no dejaba de morderse el labio inferior, con tanta fuerza, que Guido esperaba ver brotar la sangre en cualquier momento.

–¡No hagas eso! –exclamó. La preocupación había hecho que las palabras salieran con una agresividad involuntaria–. Amber, no… –su tono cambió a uno de suave reproche, pero su contacto fue muy suave cuando levantó un dedo y le cubrió el labio para evitar que siguiera haciéndose daño.

Amber abrió mucho los ojos, incrédula. Y Guido no podía culparla. Sabía que con toda seguridad estaría preguntándose qué había ocurrido con la rabia mostrada momentos antes, la ira que había nacido en él al tener que escuchar lo poco que su matrimonio había significado para ella, y cuánto lamentaba haberse casado con él.

Pero en ese momento, la ira y la rabia se habían esfumado. La realidad era que no quería saber qué había ocurrido con tales sentimientos. Y sabía por qué.

Había comenzado en el momento en que ella se había enfrentado a su madre confirmándole que estaban juntos, pero su perdición fue el contacto con ella.

En el momento en que sus dedos rozaron la provocadora piel de sus labios, fue como si alguien hubiera quitado un enchufe en alguna parte y toda la rabia acumulada y la amargura de su interior había desaparecido, dejando espacio sólo para la sensualidad. Supo que no podía apartarse de ella.

Sus dedos permanecieron en su boca, mientras acariciaba la dulce piel de sus labios ligeramente entreabiertos con el pulgar, que después introdujo entre ambos. Sintió entonces que Amber tomaba aire entrecortadamente y notó la calidez de su boca. Habría jurado que hasta había sacado un poco la lengua para saborearlo por sí misma.

Se había jurado que la arrastraría al salón si era necesario, para que se enfrentara a Rafe St. Clair con él,
como su esposa. Pero, de pronto, su determinación parecía desvanecerse a toda velocidad, como el aire que
escapa de un globo.

–¿Estás bien?

La pregunta los sorprendió a los dos, a una por escucharla y a otro por hacerla. Era evidente que Amber
no podía creer que Guido estuviera realmente preocupado por ella después de haberla llevado hasta allí.

–Yo… –empezó a decir, pero las palabras no querían
salir y no habría sabido decir si era porque no estaba
bien o por el efecto que la caricia de Guido estaba teniendo sobre ella. Las pupilas se le habían dilatado y su
pulso había adquirido un ritmo errático y muy acelerado–. Guido…

–Puedes hacerlo –la tranquilizó él–. No olvides que
yo estaré a tu lado. No estarás sola.

Para reforzar sus palabras, se inclinó sobre ella y
sustituyó la suave presión de sus dedos por la firme
presencia de sus labios. Su intención había sido la de
hacerle una breve caricia y apartarse, pero, al igual que
antes, tuvo que esforzarse para no tomarla entre sus
brazos y fundirse apasionadamente en uno con ella.

Lo peor era que ni siquiera podía culparla a ella por
hacer que le hirviera la sangre. Porque ella no respondió de ninguna manera, sus labios se mantuvieron pa-
sivos bajo los suyos, no se abrieron a él, no le dieron
nada de sí, sólo aceptaron.

Y fue precisamente su falta de respuesta lo que le
impedía poder controlarse. Quería hacer que reaccio-
nara, lo necesitaba. Lo enfurecía ver que ella podía estar allí delante, calmada y sumisa, mientras a él las zar-
pas de la pasión no le daban tregua. Pero aquél no era
el momento. Un mayordomo del hotel que los había

visto, esperaba junto a ellos, aunque tuvo que toser discretamente para llamar su atención.

Con gran esfuerzo, Guido se apartó de ella y, al volverse, vio la confusión del hombre.

–Lo siento… Pensé que… –miró a Amber–. El señor St. Clair ya está aquí. Creía haber entendido… –el hombre no salía de su asombro.

–No se preocupe. Ha habido un cambio de planes –lo tranquilizó Guido, al tiempo que le susurraba al oído unas instrucciones. Una generosa propina contribuyó a borrar la incomodidad de su rostro–. ¿Lo ha comprendido?

–Sí, señor.

Con un breve gesto de asentimiento, Guido se giró hacia Amber. Era el momento de poner en marcha la última fase de su plan, para asegurarse de que Amber y los St. Clair rompieran toda relación. Y así era como lo había planeado exactamente.

–Vamos…

De nuevo, la tomó de la mano y, de nuevo, Amber tuvo que dejarse guiar. Las dobles puertas del salón se abrieron entonces y Amber se pegó con aprensión al cuerpo de Guido, que avanzó decididamente hasta el centro del rellano desde el que partía una escalera curva que se adentraba en el salón.

La conversación de los presentes murió cuando éstos se percataron de su presencia. El silencio cayó sobre el salón y entonces Guido se puso en acción. Se volvió hacia el hombre que los acompañaba y le hizo una breve señal.

Éste se adelantó y, aclarándose la garganta, se preparó para anunciar a los recién llegados.

–Señoras y señores –sus palabras parecían quebrar el aire conforme las pronunciaba–. A continuación, los… los novios. El señor y la señora Corsentino.

Capítulo 6

ESTA ES su habitación, señora.

–Gracias.

Amber esperó a que la doncella le mostrara cuál era su habitación, antes de meter la tarjeta en la rendija y aguardó a que la luz se pusiera verde. Acababa de vivir los peores momentos de su vida. Todo el mundo la había mirado, examinándola de arriba abajo.

Había tenido que ver, incrédula, cómo, a las órdenes de Guido, se servía champán de reserva y para su total asombro éste había pedido un brindis por «su reencuentro con su hermosa mujer».

Amber se había dado cuenta de que todos le tenían miedo, les asustaba lo que pudiera hacer. Con aquel traje negro, Guido se paseaba entre los invitados como una pantera negra y sonriente, entre una bandada de aves del paraíso. Todos tenían miedo de hacer un movimiento en falso que pudiera atraer la atención de la bestia.

Pero para Amber no era una situación agradable. Para ella, cada segundo no era sino una prueba más de su resistencia, su peor pesadilla se había hecho realidad. Y para terminar de empeorar las cosas, el vestido empezaba a molestarle y un tremendo dolor empezó a golpearle la cabeza.

–Ahora puedes irte –le había dicho Guido, a modo de orden más que de sugerencia–. Esta joven te acompañará a tu habitación. Cámbiate de ropa y espérame allí.

Se había sentido tan aliviada de poder salir del sa-

lón y escapar al tormento de la recepción que debería
haberse celebrado en honor suyo y de Rafe, que había
salido corriendo de allí, buscando el refugio de su habitación.

–Veo que te has ocupado bien de asegurarte un futuro –dijo alguien, sacándola de sus pensamientos. Al
levantar la vista, se encontró con unos familiares ojos
azules.

Rafe también tenía su ropa en una habitación, y parecía que justo cuando ella se disponía a entrar en su
habitación, él salía de la suya, ya cambiado de ropa.
Llevaba el elegante traje y la camisa de seda con el que
había planeado salir de viaje.

–No sé a qué te refieres.

–No sabe a qué me refiero –dijo Rafe, con cinismo
mientras se acercaba a ella. Se apoyó contra la pared–.
Me refiero al hecho de quedarte con un italiano guapo
y millonario que podría comprarnos a todos en un abrir
y cerrar de ojos, claro. Si eso no es asegurarse un futuro, no sé qué otra cosa puede ser. Y dime, ¿de qué
iba lo de nuestro matrimonio? ¿Se trataba de una
forma de atraerlo después de haber cortado con él?

–Pues claro que no.

No sabía de dónde había sacado la idea de que
Guido era un millonario, y tenía que sacarlo de su
error, pero Rafe no tenía intención de escucharla.

–Puede que hasta me hayas hecho un favor, al final,
así que supongo que estamos en paz.

Y entonces, para consternación de Amber, Rafe
hizo lo último que ella habría esperado de él. Mirándola fijamente, sonrió, aunque fue la sonrisa más pecu-
liar y extraña que había visto jamás. Fue una sonrisa
fría y azul como el hielo del Ártico.

–Al menos, después de haberme roto el corazón en
público –continuó Rafe, apoyando uno de sus largos

dedos sobre el bolsillo frontal de su chaqueta bajo el que se situaba el corazón–, nadie esperará que quiera casarme con otra en bastante tiempo, lo cual me alegra. Disfruta de tu italiano, querida. Yo disfrutaré de mi libertad.

Y con un gracioso gesto se dirigió al ascensor cuyas puertas se cerraron delante de ella. Aún estaba mirando las puertas relucientes cuando el segundo ascensor llegaba al piso y se abría, dejando paso a Guido. Frunció el ceño nada más verla.

–No estás lista. Ni siquiera has empezado a cambiarte –dijo él en tono mordaz.

–Que sea tu mujer no significa que tenga que saltar cada vez que chasqueas los dedos –le espetó ella, y a continuación le preguntó lo que no dejaba de darle vueltas en la cabeza–. ¿Por qué, Guido? Dime por qué.

Al menos, tuvo el detalle de no fingir que no sabía a qué se refería, pero se acercó y abrió la puerta de la habitación. Tomándola del brazo, la hizo entrar antes de contestar.

–Ya te lo he dicho. Quería que te vieran conmigo. Que eres mi mujer.

Amber atravesó la habitación en dirección a la enorme cama de dos metros y se dejó caer en ella, con un largo y casi imperceptible suspiro mezcla de agotamiento y desesperación.

–¿No habría bastado con las fotos que saldrán en la prensa de mañana y la declaración que vas a hacerles esta misma noche?

–No lo creo. Quería que te vieran con sus propios ojos. Y quería ver sus rostros en ese momento.

–¡Quieres decir que querías pasearte delante de ellos conmigo como si fuera algún tipo de trofeo!

–Si quieres verlo así... –dijo Guido, desestimando la rabia de ella.

–¿Y de qué otra forma podría verlo?

–Como una manera de asegurarme de que no puedan ponerte las manos encima nuevamente.

–¿De verdad creías que después de lo ocurrido, Rafe consideraría pedirme nuevamente que me casara con él? –preguntó Amber, incapaz de ocultar su incredulidad, que resonó en su voz.

–Tendrá que vérselas conmigo antes.

–A juzgar por la manera en que se ha comportado Rafe, dudo que eso vaya a ocurrir.

–La manera en que… –Guido volvió la cabeza y entornó los ojos–. ¿Ha dicho algo? ¿Te ha hecho daño?

–¿Hacerme daño? No, claro que no, pero… creo que necesito hablar con él.

–¡No! –Guido cerró la puerta de golpe y echó la llave–. ¡No hablarás con St. Clair!

Su tono había sido claramente demasiado duro y enérgico, a juzgar por la manera en que Amber elevó la barbilla y lo miró con gesto desafiante.

–¿Y eso por qué?

–Porque te pedí que subieras a cambiarte para que pudiéramos irnos lo antes posible.

–No me lo pediste, me lo ordenaste.

–¿Y de verdad quieres perder el resto del día vestida como una princesa de pantomima?

–¿No te gusta el vestido?

Amber se sentía intrigada y Guido agradeció haber logrado distraer su atención sobre asuntos de los que no quería ocuparse en ese momento. Amber acarició la sedosa tela del vestido mientras fruncía el ceño, pensativa.

–A mí me parece muy hermoso.

–Me gustaba más el que llevaste en nuestra boda.

–¿Aquel sencillo vestido? Lo compré en unos grandes almacenes.

Pero lo cierto era que estaba preciosa con él. Dulce e inocente, excitada y nerviosa, expectante ante el día de la boda, sentimientos de gozo que no había logrado contener en ningún momento. Al menos, eso era lo que él había creído al principio.

Sólo se había dado cuenta de lo mucho que Amber lamentaba haberse casado con él cuando hizo su aparición un pretendiente aristocrático, supuestamente más rico.

—Es un diseño original, ha costado una pequeña fortuna. Yo nunca podría habérmelo permitido, pero Rafe se ofreció a pagarlo…

—¿Que hizo qué?

Era lo último que Guido quería oír. Detestaba la idea de que Amber tocara algo que aquel hombre le hubiera regalado. Pensar en Rafe St. Clair le hacía hervir la sangre de pura rabia. Aunque eso no era nada comparado con lo que había sentido al enterarse de con quién iba a casarse.

Claro que no podía sorprenderse. Por eso lo había abandonado Amber. Quería el tipo de hombre que pudiera proporcionarle trajes de diseño. Nunca se había alegrado tanto de no haberle contado toda la verdad sobre sí mismo. De haberlo hecho, puede que ella se hubiera quedado con él, pero por razones equivocadas.

—¡Quítatelo!

—¿Qué? —Amber lo miró boquiabierta.

—Quítate ese vestido.

—¿Delante de ti? ¡De ninguna manera! Al menos ten la decencia de salir de la habitación.

Si salía por la puerta, no pararía hasta dar con St. Clair y arrancarle de cuajo la cabeza, tal y como se sentía en ese momento. Para evitarlo, Guido se dejó caer en un sillón que había junto al mirador.

—Soy tu marido y no hay nada que no haya visto. Quítatelo, Amber, o lo haré yo mismo.

Amber lo miró con absoluto odio, pero Guido dejó que rebotara contra el escudo de moderación del que se había rodeado. Tanto si le gustaba a Amber como si no, quedarse allí era lo mejor.

Con una nueva y fulminante mirada, Amber se puso en pie y, deliberadamente, le dio la espalda. De nuevo, la vio como la había visto al entrar en la iglesia, y, de nuevo, la punzada del deseo lo golpeó en las partes bajas de su cuerpo.

Sólo que esa vez fue mucho peor.

En la iglesia, aún no había hablado con ella, no la había visto ni la había tocado desde hacía muchos meses. En ese momento, tenía más recuerdos que unir a los pasados. Lo atormentaba saber lo que era tenerla en sus brazos, saber lo suave y cálido que era su cuerpo, haber vuelto a besarla. Aún persistía su sabor en sus labios, su aroma en su nariz.

El deseo lo atizó con más fuerza.

—¿Necesitas ayuda?

—¡No!

Guido se preguntaba si Amber sabría lo que le estaba haciendo retorciéndose de aquella manera delante de él. Aunque era consciente de que lo hacía para poder alcanzar la cremallera de la espalda, el efecto que aquellos movimientos estaban teniendo en él distaba mucho de ser racional.

Ya había conseguido bajar la mitad, dejando a la vista la ropa interior. Un corpiño de encaje que ponía de manifiesto el tono rosado de la piel de la parte superior, mientras por debajo ceñía la estrecha cintura y más abajo se adivinaba la redondez de sus caderas. Pero seguía contorsionándose.

—¿Estás segura?

—Totalmente. Si te acercas te ¡ay!

El instintivo grito de dolor hizo que se levantara del

sillón como una bala, y se acercara a ella para ver qué había sucedido.

–El velo se ha enganchado con la cremallera. Por eso no puedes bajarla.

–¡Ya lo sé! –dijo ella, con frustrada exasperación y la cabeza vuelta hacia atrás en un ángulo antinatural–. Pero me las puedo arreglar.

–Por supuesto –dijo él, envolviendo sus palabras en una capa de sarcasmo.

–Puedo… es sólo que ¡ay! –exclamó nuevamente, esa vez de forma casi imperceptible–. Guido… por favor…

Éste se colocó a su lado al momento, doblándose sobre el punto en el que el delicado encaje de su velo se había atascado entre los dientes de la cremallera. Al examinarlo de cerca se dio cuenta del motivo de las exclamaciones de ella. El velo no sólo se había enganchado sino que estaba ya tan tenso que no dejaba de tirar de la base del recogido con cada movimiento.

–Quédate quieta.

Guido se puso a retirar las innumerables horquillas que sujetaban el tocado en su sitio. Suaves mechones de pelo empezaron a caer sobre sus dedos mientras lo hacía. Le acariciaban el rostro con la suavidad de la seda, suaves como el contacto con las manos de Amber. El aroma de su cuerpo se elevó, embargando sus sentidos, dificultándole más y más la tarea hasta el punto de hacerle maldecir en su idioma.

Amber lo oyó maldecir, pero el sonido le llegaba amortiguado al estar inclinado, aparentemente concentrado en deshacerle el peinado.

–¿Qué has dicho?

No obtuvo respuesta. Amber lo agradeció. Pensó que si estaba tan concentrado en el peinado, no se percataría de la forma en que el color iba y venía de su rostro en oleadas de calor que le inundaban el cuerpo y luego desaparecían, provocándole escalofríos como si tuviera fiebre. El corazón le latía con tal fuerza que estaba segura de que Guido lo estaría oyendo, a través de la estructura que mantenía rígido el vestido. Su respiración era entrecortada e irregular, y la cabeza le daba tantas vueltas que empezó a mecerse sobre los pies, con la vista borrosa pero fija en la pared que tenía enfrente.

Las manos de Guido sobre su pelo eran suaves pero firmes. Las sentía como una caricia, aunque sabía que ésa no era su intención.

«¡Admítelo!», se riñó. «Admite que quieres que sea una caricia, que querías que te tocara, que te acariciara desde el beso en la iglesia».

El beso.

Le ardía la piel sólo de pensar en ello. Había sido como si el beso hubiera logrado barrer los meses de separación entre ellos. Había pasado todo un año tratando de olvidarlo y había bastado una caricia, un beso para colocarla exactamente en el punto de partida; consumida por el deseo y la pasión desbordada que su contacto desataba; indefensa frente a un potente anhelo sexual que sólo aquel hombre era capaz de despertar en ella.

Tras descubrir su hipocresía y su crueldad, Amber había decidido preservar el vulnerable corazón que una vez le entregara, pero lo cierto era que sólo estaba a salvo de la esclavitud sexual de Guido Corsentino si los separaban varios miles de kilómetros.

Sin embargo, no había hecho sino entrar en su mundo y Amber sabía que estaba perdida nuevamente. A la deriva en un mar de deseo sin brújula ni estrella que la guiara. El único punto reconocible en el horizonte era el propio Guido. Y, al igual que la aguja de una brújula marcaba siempre hacia el norte, ella se sentía irremediablemente atraída hacia él.

Capítulo 7

QUÉDATE quieta, *cara* –aconsejó Guido en el momento mismo en que Amber daba un respingo al cobrar conciencia de la realidad, deseosa de apartarse de sus manos y de quedarse donde estaba al mismo tiempo–. Casi he terminado… Listo.

El velo y el tocado cayeron al suelo y dejó escapar un suspiro al notar el alivio. Pero al momento, la tensión se apoderó de ella nuevamente, aunque era una tensión de otra clase. Esa vez, la tensión la golpeaba desde dentro, desde cada terminación nerviosa, en el momento en que Guido se enderezó, pero en vez de separarse, se acercaba más a ella.

Seguía a su espalda, pero ella podía notar el calor que emanaba su cuerpo, embargándola. Allí donde la espalda del vestido estaba abierta, dejando a la vista los hombros y la columna vertebral, Amber sintió pequeños escalofríos de pura expectación por una caricia.

–Gracias –consiguió decir.

–*È niente…* –susurró él, su tibio aliento acariciándole la piel de la espalda.

Amber notó que se le cerraba la garganta, los labios secos. No se habría podido mover aunque lo hubiera querido. Aunque no quería hacerlo.

«¡Tócame», gritó para sí. «¡Oh, por favor, por favor, tócame!»

Había dejado de pensar, de respirar… Y entonces, la sintió.

Sintió la leve, suave y cálida caricia de un dedo sobre su piel. Sintió el movimiento ligero como una pluma que le recorría la línea de la columna vertebral, desde la nuca, descendiendo hasta el punto en que la piel desaparecía bajo el borde de encaje del corpiño.

Cada vez más abajo. Suave y lentamente…

Y, de pronto, se detuvo.

–¿Quieres que te ayude con el resto? –preguntó Guido, y Amber sabía que no hablaba de la cremallera.

–Por favor…

Su contacto era tan leve que apenas si notó bajar la cremallera. Supo que lo había hecho al notar que el cuerpo del vestido se aflojaba, deslizándose a continuación por sus hombros hasta llegar a la mitad de cada brazo. Por delante, el escote parecía más profundo al ahuecarse, pero ni siquiera tuvo fuerzas para levantar las manos y cubrirse.

A su espalda oyó el suspiro de Guido, y a continuación, notó que sus manos se ceñían sobre sus caderas, sosteniéndola con firmeza. Amber sintió un cosquilleo de excitación conforme notaba que Guido se acercaba más y más…

El contacto de sus labios sobre la piel enfebrecida cayó con la fuerza de un rayo, contuvo el aliento en los pulmones, y cerró los ojos.

–*Bellissima* –susurró Guido, besándole cada una de las vértebras, siguiendo el mismo camino que sus dedos habían tomado antes–. *Amata*…

Amber sintió que se derretía, como si su cuerpo se inundara de la miel líquida que sentía entre las piernas, incendiándola.

–Guido…

Amber no estaba segura de si lo habría dicho o simplemente era parte de la letanía de deseo que se repetía una y otra vez en su cabeza. Sólo podía pensar en las sensaciones que surgían en ella, allí donde Guido la besaba.

–Amber…

Había olvidado cómo pronunciaba su nombre en el calor de la pasión; había olvidado la manera en que arrastraba las sílabas, la manera en que la R final rodaba en su boca como el ronroneo de un tigre.

–Amber, *tesora*. Vuélvete. Deja que vea tu rostro.

Incapaz de resistirse al sensual reclamo, hizo lo que le pedía. Lenta y sensualmente, sintiendo la mirada de Guido sobre su piel conforme se movía. Y cuando por fin estuvieron frente a frente, entre sus brazos, vio el fuego de deseo que resplandecía en las profundidades de sus ojos.

–El vestido… –dijo Guido, en un tono áspero que arañaba los nervios sensibilizados de Amber.

No fue necesario que terminara la frase. Amber abrió los dedos que sujetaban el vestido y la prenda se deslizó suavemente por su cuerpo hasta caer al suelo, como un charco reluciente a sus pies. Y se quedó ante él, orgullosamente expuesta cubierta sólo por el corpiño y unas braguitas de encaje que cubrían el castaño vello púbico. Por último, las piernas estaban cubiertas por unas delicadas medias sujetas por un liguero a juego con el corpiño y las braguitas.

–*Cara*…

Fue un susurro y Guido cerró los ojos brevemente. Sólo un momento. Pero lo justo para que Amber perdiera por completo la cabeza. La contención, los últimos retazos de sentido común y de autoconservación. No sabía qué la impulsaba, sólo sabía que era un impulso al que no podía resistirse.

Estaba anhelante, deseosa de satisfacer una necesidad que la leve caricia y los besos habían despertado. Había sentido los labios de Guido en su piel, su caricia por todo el cuerpo. Y ahora necesitaba desesperadamente besarlo y tocarlo ella también.

Necesitaba besar y tocar, saborear y sentir la pura esencia de ese hombre.

Pero sin dar tiempo a que su cerebro registrara el pensamiento, avanzó hasta estar muy cerca de él. Tenía la respiración acelerada y la cabeza le daba vueltas cuando acercó los labios a su mejilla y notó el arañazo de la barba incipiente en la sensible piel de sus labios.

Olía maravillosamente; sabía aún mejor. Sacó la lengua y rozó con ella su piel. Saboreó el gusto salado. Y vio que abría los ojos y la miraba.

Le parecieron más insondables y oscuros que nunca, relucientes como el metal, ardientes de pasión. Por un momento, un escalofrío cercano al miedo la recorrió. Nunca antes le había mostrado la pasión tan arrebatadora que sentía por ella. La aterraba y la excitaba al tiempo, pero hizo ademán de retroceder un paso…

Y se detuvo al notar que Guido la sujetaba por detrás del cuello, acercándola a sí, y segundos después bajaba la boca y tomaba la suya.

«Soy suya y sólo suya. No quiero a nadie más. No quiero estar con nadie más. Esto es lo que quiero. Esto es lo que necesito. Esto es lo que soy», fue el último pensamiento de Amber antes de que su cerebro dejara de funcionar y se abandonara a la espiral de sensaciones.

Su boca se abrió ante la presión de la de él, permitiendo que el calor sedoso de su lengua invadiera sus recovecos, rozando, saboreando, jugueteando, y ella hizo lo propio, con igual avidez y pasión.

Apenas notó cuando Guido la levantó del suelo. No fue consciente de que se quitara la chaqueta mientras la llevaba a la cama. Sólo sabía que sus brazos le rodeaban el cuello mientras lo besaba y que los dos cayeron, unidos, sobre el edredón.

–Hacía tanto… tanto… tanto tiempo –murmuró Guido mientras depositaba miles de besos en las mejillas, la mandíbula y la boca de Amber.

No se detuvo a preguntarle si eso era realmente lo que deseaba. No era necesario. Ambos sabían que la pregunta había sido formulada y la respuesta había sido dada cuando le había pedido que se volviera y lo mirara. Y cuando había dejado caer el vestido. Y cuando se había acercado a él, y lo había besado en la mejilla. A partir de ese momento, no había habido vuelta atrás y ambos lo sabían.

–He esperado tanto…

–¿Mmm?

Fue lo único que Amber pudo expresar, sonido que se ahogó en su garganta cuando Guido se colocó sobre ella y, besándola con urgencia, le acarició todo el cuerpo, buscando y encontrando puntos de placer que Amber había olvidado que existían, incluso algunos que nunca había sabido que existían. La excitación corría por sus venas abrasándola como si fuera una corriente eléctrica que la impulsó a querer arrancarle la camisa.

–Tengo demasiadas prendas encima… –se quejó ella entre gemidos y sintió la risa que sacudía el cuerpo de él.

–Puede, pero creo que me gusta. Me gusta ese asombroso artilugio que llevas puesto, me encanta cómo te levanta los pechos, expuestos ante mis ojos…

Su mirada le quemaba la piel, casi podía sentirla como una caricia.

–Mis manos…

Sus dedos ardientes acariciaron la pálida piel de sus pechos, curvándose sobre ellos, tomándolos por encima y por debajo, levantándolos aún más.

–Y mi boca…

Inclinándose sobre ella, dejó que sus labios y después su lengua se deslizaran sobre los temblorosos pechos, que después comenzó a mordisquear arrancándole gemidos de puro placer.

Tenía las manos a lo largo de los costados de Amber, sobre el material del corpiño, trazando la estrecha curvatura de la cintura. Entonces las subió y sus caricias se volvieron más urgentes, los dedos se colaron por dentro de las copas de encaje de la prenda hasta dar con los pezones henchidos, y empezó a frotarlos entre el índice y el pulgar.

–¡Guido…!

Amber ahogó un grito de sorpresa, pero también fue un sonido de placer y un gemido estimulante, todo en uno.

–¿Te gusta, *mia bellezza?* –preguntó él, depositando un reguero de ardientes besos sobre la curva de sendos pechos–. ¿Quieres más?

–Sí… sí… Quiero… Te quiero a ti.

–Pronto, *carissima*, pronto –dijo él, besando sus labios anhelantes en una promesa de lo que estaba por llegar–. Pero primero…

Enganchando los pulgares sobre el extremo del corpiño blanco, tiró hacia abajo, exponiendo los pechos a la estimulante caricia de sus manos y de su boca. Gimiendo en voz alta, Amber movió la cabeza inquieta, arqueando la espalda, presionando con su boca la suya, aumentando las sensaciones de tal manera que la cabeza le daba vueltas.

Pero no quería sentir sólo. Quería tocar, quería comprobar el ardor y la suavidad de su piel, palpar sus músculos y los potentes huesos que había debajo.

–Tienes demasiadas prendas encima… –murmuró nuevamente, mientras tironeaba de la camisa de él en su necesidad por quitársela.

–*Impaziente…* –murmuró Guido, riéndose.

Pero la ayudó a quitarle la camisa, sin dejar de mirar los pechos descubiertos de ella. Al tocar su piel caliente y los músculos tensos, Amber dejó escapar un suspiro de placer mientras sus manos exploraban allí donde podían. Guido arqueó la espalda al notar sus caricias y cerró los ojos.

–Hablando de ropa… ésta ya no hace falta.

En medio del ardoroso delirio en el que se encontraba, Amber apenas notó los dedos de Guido ocupándose de retirar las braguitas de encaje. Con un rápido tirón, el material quedó hecho jirones y Amber abrió los ojos atónita.

–Guido…

Pero éste no mostró arrepentimiento alguno mientras sofocaba las protestas de ella con un beso y apartaba los restos de la prenda de ropa interior a un lado.

–Te compraré una docena más, cientos… –prometió él–. Pero es que ahora me molestaban.

Y para mostrar de qué hablaba, deslizó su conocedora mano a lo largo del rígido corpiño hasta el punto donde terminaba, en la cintura. Siguió descendiendo más aún, trazando un camino de fuego a través de los rizos que ocultaban su feminidad, deslizándose entre sus muslos, separándolos. Con facilidad, encontró el diminuto y henchido punto, palpitante de puro deseo, y lo acarició suavemente.

Con el cuerpo en llamas tras las numerosas atenciones prestadas en muchos y distintos lugares, la leve caricia bastó para que Amber comenzara a convulsionarse bajo él, gritando su nombre en el calor de la pasión.

–Guido… Oh, Guido, por favor…

Amber tenía la visión borrosa, pero vio perfectamente la sonrisa de placer al ver su reacción, el triunfo que no se molestaba en ocultar.

—Sabía que sería así… Sabía cómo serían las cosas entre nosotros…

Por un segundo, el tono satisfecho de Guido la detuvo, al tiempo que una dentellada de incomodidad e inquietud trataba de abrirse paso en su cerebro. Pero justo en ese momento, Guido volvió a acariciar su centro. Al instante, las llamas de la pasión la inundaron nuevamente, llevándose las dudas, mientras se fundía en uno con él.

Sus poderosas y esbeltas piernas se colocaron entre las suyas, separándolas. Notó la fuerza de sus músculos a través de las delicadas medias que aún llevaba puestas y el delgado tejido de los pantalones de él. Oyó el retumbar de la sangre en sus venas cuando el miembro erguido de él se abrió paso entre sus pliegues.

—Eres mía —susurró, con voz áspera y descarnada—. Mía. Siempre lo has sido y siempre lo serás. Sucedió en el pasado, se repite ahora, y volverá a suceder en el futuro. Sí? Sí?

—Sí… —dijo ella, a pesar de tener la garganta y los labios resecos—. Sí…

No quería pensar, no quería esperar. Incluso los segundos que Guido la hizo esperar le resultaron una agonía. Se removió, impaciente, elevando suavemente las caderas, abriéndose más y más a él.

—Sí, *belleza*… —dijo él, sujetándole con firmeza las caderas. Con un rápido movimiento, la elevó hasta colocarla en la posición exacta, y penetró con fuerza en ella, hasta el fondo.

—Gui...

Amber no pudo terminar porque Guido selló sus labios con los suyos, manteniéndolos cerrados mientras su poderoso cuerpo ejercía aquella primitiva magia sobre ella.

Al principio, sus movimientos eran controlados, embestida tras embestida hasta llevarla casi a la cima, pero entonces bajaba la intensidad, sin dejar de sostenerla, jugando con ella, y de nuevo, sus movimientos cobraban brío. Amber tuvo que morderse el labio inferior para contener la frustración de sentirse tan cerca y a la vez tan lejos.

De pronto, le pareció que Guido perdía su férreo control. El ritmo deliberadamente lento se fracturó y fue cobrando fuerza. El primitivo poder de la pasión se apoderó de él, rompiendo el control de sus sentidos, de su cuerpo y, con un salvaje grito de abandono cedió a la fuerza del deseo que los envolvió en una espiral de sensaciones.

Amber oyó su nombre en el mismo momento en que ella gritaba al alcanzar el éxtasis, juntos llegaron a la cumbre y juntos cayeron a la tierra al unísono.

Sin saber cuánto tiempo había pasado hasta que empezó a recobrar el sentido, exhausta, saciada e incapaz de moverse, sintió que Guido salía de ella y se quedaba tumbado a su lado.

Lo oyó suspirar, satisfecho, pero en el sonido resonaba el eco de una carcajada, algo que la molestó lo indecible.

–Nunca digas nunca jamás –murmuró Guido suavemente, con la voz áspera tras la pasión que le había sacudido hasta el mismo centro de su ser–. Oh, *cara, cara,* nunca digas nunca jamás.

Capítulo 8

AQUELLO no tenía que haber sucedido.

Guido suspiró profundamente, con la cabeza apoyada en la almohada, y cerró los ojos. Pasándose las manos por el pelo, se enfrentó a la realidad de que, probablemente, aquél hubiera sido el error más grande y estúpido de su vida.

No tenía que haber sucedido. No era el momento, ni el lugar. Aún no...

Y menos, sin ir preparado. Sin tener protección, aunque de haberla tenido, no habría tenido la presencia de ánimo ni el control suficiente para utilizarla.

–*Dannazione*... –maldijo en su propio idioma mientras se enfrentaba al desastre que había provocado.

Y eso que había decidido tomarse las cosas con calma. Que sólo actuaría con la cabeza y no con la libido.

A su lado, Amber yacía exhausta, con los ojos cerrados, los brazos y las piernas extendidos en la cama. Esperaba que estuviera dormida. Necesitaba tiempo para recuperar el control de cuerpo y mente. Tiempo para decidir qué rumbo seguir.

Mirando hacia el techo, reflexionó con tristeza en su plan original; en cómo había querido que sucedieran las cosas desde el momento en que se enteró de la boda de Amber con Rafe St. Clair.

Había sido Vito quien se lo había dicho. Su hermano pequeño había regresado de una reunión de negocios en Londres de muy mal humor, pero cuando le preguntó por el motivo, se había negado a responder. Finalmente, ante la presión, había respondido que Rafe St. Clair, un hombre que conocían bien, se iba a casar.

Guido aún recordaba la mezcla de estupor, incredulidad y rabia encendida que corrió por sus venas cuando su hermano le dijo quién iba a ser su futura mujer.

–Se llama Amber Wellesley –había dicho Vito–. Al parecer, viven en el mismo pueblo. Su padre era amigo del padre de Rafe, pero murió antes de que ella naciera.

Sentándose en la cama, Guido observó la cara de la mujer que dormía a su lado y se preguntó si tendría idea de lo que había sido para él enterarse de que pensaba casarse. Bastante malo había sido oírle decir que se marchaba porque él no era lo que ella quería, no era lo suficientemente bueno. Había conocido a otro, alguien con una prominencia social pareja a la suya.

Verdaderamente, había sido buena idea no haberle contado nunca toda la verdad sobre su posición social, su riqueza. De haberlo hecho, ella se habría quedado, pero él nunca habría podido confiar en sus motivos.

Le había dicho que se marchara si eso era lo que quería. Tan furioso se había puesto que hasta la había empujado para que saliera. Pero, al final, había sido él quien se había ido, sin intención de volver a verla.

Además, se había convencido de que, cuando se calmara, Amber volvería con él. Nunca se había imaginado que se iría para casarse con otro. Y detener ese matrimonio había sido lo único que había tenido en la mente.

Después, su intención había sido la de tomarse las cosas con calma, asegurarse antes de hacer algún movimiento en falso. Y definitivamente, había decidido no dejar que la libido tomara las riendas.

Incapaz de quedarse inmóvil un momento más, Guido balanceó las piernas para salir de la cama, pero el estupor lo detuvo. ¡Había perdido el control de tal manera, tanto se había excitado con Amber, que ni siquiera se había quitado los pantalones! ¿Qué clase de hombre era?

No le gustaba cómo se comportaba cuando estaba con Amber. No le gustaba no ser capaz de pensar con claridad, de actuar racionalmente. Y como hombre que se enorgullecía de ambas cosas, afrontarlo era aún más difícil.

Maldijo para sí mientras se arreglaba la ropa con una brusquedad acorde con sus sentimientos, y se acercó a la ventana desde la que se podían contemplar los jardines del hotel. Estaba anocheciendo.

–¿Guido?

La voz provenía de la cama en la que creía que Amber dormía. Sus descuidados movimientos debían de haberla despertado y él aún no estaba preparado para hablar con ella.

–¿Sí? –le espetó él en tono malhumorado, pero no se dio la vuelta para ver la reacción de ella.

–¿Y ahora qué hacemos?

La pregunta que llevaba dando vueltas en su mente desde que recobrara el control tras el torbellino de pasión que le había absorbido el cerebro. Una pregunta para cuya respuesta necesitaba más tiempo.

–¿Y cómo demonios lo voy a saber? –gruñó desde la ventana, sin darse la vuelta.

–¿Qué? –preguntó ella, que no lo había oído–. Guido, me gustaría que me miraras…

Su voz se diluyó en el momento en que él se dio la vuelta, con las manos en los bolsillos de los pantalones y la mandíbula apretada para no decir las cosas que bullían en su cabeza, cosas que no sabía cómo decir.

–He dicho que cómo demonios voy a saberlo.

Amber lamentó haberle pedido que la mirara, tanto que pareció encogerse contra la almohada.

–Lo siento… –dijo él movido por la conciencia, pues sabía que su tono había sido demasiado abrupto.

Él también lamentaba haberse dado la vuelta. Verla tumbada sobre las sábanas revueltas tuvo un efecto devastador en sus sentidos. Seguía llevando aquel corpiño, las medias y el liguero, nada más. Tenía el pelo revuelto y los ojos verdes parecían más grandes que nunca en su pálido rostro. Los labios se notaban hinchados tras tantos apasionados besos y sus hermosos pechos estaban al descubierto, los pezones relucientes aún por…

«*Porca miseria. ¡No!*»

Se dijo que no iba a pensar en ello, no podía hacerlo o perdería de nuevo el control de sus actos. Apretó los puños dentro de los bolsillos para evitar extender las manos y acariciarla, excitarla…

La reacción de Amber no hizo sino empeorar su mal humor. Lo miraba como si le hubieran salido un par de cuernos. Sin apartar la vista de él, deslizó una mano en un intento de tomar las sábanas y cubrir su desnudez.

–¡Por Dios! –explotó Guido–. ¿No es un poco tarde para hacerte la remilgada conmigo? No se puede decir que quede algo que no haya visto, tocado y más. ¡Somos marido y mujer!

–¡No por elección mía!

Amber quería provocarle y él lo sabía, pero de lo que no tenía idea era de cuánta verdad había tras esas palabras, lo cual sólo contribuyó a empeorar su mal humor.

–Pues no dijiste lo mismo la primera vez. Estabas ansiosa por entrar en aquella capilla. Recuerdo que tus palabras fueron: «Oh, Guido, ¿pero podríamos hacerlo pronto? ¿Mañana?». Así que arreglé la maldita boda. ¡Me casé contigo! ¿Y qué hiciste tú? Me dejaste en cuanto te fue posible para irte con otro.

–¡Ya te lo dije, creí que fue un matrimonio falso!

–¿Y qué demonios te hizo pensarlo? Amber… –insistió él peligrosamente al ver que ésta no respondía y bajó la vista hacia sus dedos que se enrollaban insistentemente en la sábana que la cubría–. Te he hecho una pregunta.

Justo cuando ya creía que no iba a responder y dio un paso en dirección a la cama para conseguir una respuesta, Amber levantó la barbilla y lo miró con un inesperado gesto de desafío. Guido supo que si la tocaba no podría parar. Al principio sería movido por la rabia, pero cuando viera la reacción de su cuerpo, el sentimiento cambiaría. Entonces tendría que besarla y acariciarla y… ya no podría parar.

–¡Te oí!

–¿Que hiciste qué?

–Te oí cuando pagabas a aquel hombre para que lo organizara todo. Te oí darle las gracias por haberlo solucionado todo tan rápido.

–¡Porque así lo quisiste tú! –dijo Guido, con total exasperación–. «¿No podríamos casarnos mañana?».

Pero Amber no parecía hacerle caso.

–Tú… le estabas muy agradecido, dijiste… Estabas agradecido a aquel hombre por haber organizado aquella farsa con tan poco tiempo.

Escuchar sus propias palabras fue como si le hubiera tirado un jarro de agua helada. No era capaz de articular palabra, y Amber continuó recordándole la conversación con devastadora exactitud.

–Dijiste que dabas gracias por que aquélla no fuera tu verdadera boda, porque no era como la habías imaginado en caso de que llegara el momento. Aunque tu deseo no era casarte.

–Y eso era verdad. Nunca había querido casarme.

Cuando las frías y calculadas palabras fueron sustituidas por el silencio, Amber se dio cuenta de que había esperado otra cosa, desesperadamente. Se preguntó si habría sido tan estúpida como para pensar que, de pronto, se retractaría de lo que le había dicho a aquel hombre en Las Vegas.

Y puede que así hubiera sido un año antes. Durante unos cuantos maravillosos días de aquel catastróficamente breve matrimonio, había sido como si le hubieran lavado el cerebro, hasta que el recuerdo de aquella conversación destruyó el engañoso idilio que había estado viviendo.

Se suponía que tenía que quedarse en la habitación del hotel descansando después de una tarde de sexo intenso, mientras él asistía a una reunión. Le había dicho que sólo tardaría una hora, pero cuando pasaron casi tres y no había regresado, empezó a impacientarse. Se vistió apresuradamente y bajó al vestíbulo del hotel. Allí, oculta tras una estatua que se hallaba en el centro del vestíbulo, oyó subrepticiamente que Guido pagaba al hombre que había contratado para que todo pareciera real.

—Ha sido como ella esperaba que fuera —le había oído decir. Incluso se había reído, una carcajada que para Amber fue como una puñalada en el corazón—. Claro que no conoce ninguna otra cosa. No reconocería una boda de verdad aunque estuviera en una.

En ese momento, reaccionó. Sin pararse a pensar, se dio la vuelta y echó a correr. Para cuando Guido subió a la habitación, casi había terminado de hacer la maleta.

Su mente había bloqueado el recuerdo de la horrible bronca que habían tenido en la habitación. Por eso, en ese momento, reunió toda la amargura y la decepción que había vuelto a sentir y la imprimió en su voz.

—¡Me alegro de que a veces seas capaz de decir la

verdad! Porque desde luego no lo hiciste cuando te casaste conmigo. Cuando prometiste estar conmigo toda la vida. Es una pena que no fuera un matrimonio falso, así me habría librado de ti cuando me fui. No me sorprendería que pudiera conseguir la anulación si lograra demostrar lo poco que significaron los votos para ti, que sólo estabas mintiendo.

–¿Y cómo lo sabes? –dijo Guido, dándose la vuelta–. Lo único que deseabas era un anillo en el dedo.

Amber recordó que le había dicho lo mismo el día antes de que lo abandonara.

–¡Lo nuestro jamás fue un matrimonio! –le había gritado entonces–. Un matrimonio real.

–Y que lo digas –le había contestado él–. Lo que tenemos no es un matrimonio real y tampoco tuvimos una ceremonia real. Aunque no creo que conozcas la diferencia.

Había sido una acusación que ella no había podido negar. Tan nerviosa había estado aquel día, sin poder creer que fuera a casarse con un hombre como Guido Corsentino, que no se había preocupado por los legalismos. Había dejado que Guido se ocupara de todo.

–¡No quería pararme a pensar en lo que estaba haciendo! Quería que todo terminara cuanto antes.

–¿Y eso por qué? ¿Tenías miedo de que se enterase mamá? ¿O acaso te desagradaba la idea de rebajarte a casarte con un siciliano del pueblo?

–¡Nunca pensé en ti de esa forma! Yo… –se detuvo antes de decir una estupidez.

Había estado a punto de decirle que sólo quería hacerle el mismo daño que él le había hecho a ella, pero no podía admitirlo. Guido adivinaría la verdad, que lo había amado mucho, y ella no quería que él lo supiera. Podía ser que la boda hubiera sido legal, pero las razones de Guido para casarse con ella habían sido frías y calculadas. Tan sólo quería tenerla en su cama y había pasado por la formalidad de la boda para conseguirlo. Se habían casado, sí, pero no por amor.

–No, te diste cuenta de lo poco que era en comparación con tu aristócrata inglés cuando fue a buscarte y entonces supiste que yo nunca podría ofrecerte un título nobiliario.

Guido se había acercado y ella apenas se había dado cuenta. En ese momento, estaba junto a la cama, clavándole una mirada llena de oscuro odio. Pero no fue eso lo que le secó la boca y la garganta impidiéndole hablar, sino algo tan primitivo como el miedo pero en el extremo opuesto de la balanza. Habría ayudado que Guido se hubiera vestido, pero a él nunca le había importado su estado de desnudez ante ella. Tan seguro de sí mismo estaba que nunca le había preocupado algo como el pudor.

Y allí estaba, irguiéndose sobre ella que trataba de ocultarse bajo las sábanas, alto y orgulloso, con su amplio torso de piel bronceada y la mata de cabello negro azabache. Imposible no recordar lo que se sentía apoyada contra ese torso suyo, el calor de su piel, el grosor de su cabello cuando le rozaba los sensibilizados pezones, en los cuales aún perduraba la huella de su caricia, anhelantes de más caricias.

Amber quería tocarlo, quería acariciar aquella piel satinada y sentir la fuerza de sus músculos y sus huesos. Un calor húmedo inundó sus genitales, atormentándola mientras se removía inquieta bajo la liviana sábana.

–No… –gimoteó ante su propia reacción.

Capítulo 9

N O? –preguntó Guido, con suavidad.
Amber conocía ese tono. El tono que utilizaba
cuando quería demostrar que tenía el control
sobre lo que iba a decir. Cuando era capaz de contener
la rabia y el cinismo.

–Si no fue eso, ¿qué otra cosa podría ser? No te habías cansado de mí. Yo lo sé.

Para desgracia de Amber, Guido se inclinó sobre la cama y se sentó muy cerca de ella, demasiado. Peligrosamente cerca.

No sabía cómo reaccionar. Quería correr, pero no se atrevía. Revelaría sus sentimientos. Quería tocarlo, besarlo, saborearlo. Pero tampoco se atrevía a hacerlo. Así que se hizo un ovillo bajo la sábana y apartó las piernas de él todo lo posible. Temía poder sentir el calor que emanaba de él, aun a través de la sábana.

–Nunca nos cansábamos el uno del otro, ¿verdad, Amber?

–No…

La había abandonado en la cama para ir a una reunión después de haber hecho el amor apasionadamente.

Tuvo que corregirse; en aquella cama no había habido más que un sexo salvaje y despreocupado. Ella había creído que habían hecho el amor, pero para él sólo había sido un ataque de pasión desenfrenada. Un deseo tal que habría hecho cualquier cosa por satisfacer. Incluso casarse con ella.

–¿Por qué lo hiciste? –preguntó entonces ella.

–¿Por qué hice qué?

Su tono era muy inquietante, casi aterradoramente amable. Aterrador porque sonaba sincero. Creíble. Era muy tentador poder creerlo. Pero creer que Guido hacía algo por amabilidad era un gran error.

–¿Por qué te casaste conmigo?

–Era lo que tú querías. Y yo te quería a ti. Si hubiera tenido que hacer otra cosa para tenerte, lo habría hecho.

Allí lo tenía. La simple afirmación no dejaba lugar para discusión alguna. Así era Guido Corsentino. Siempre conseguía lo que quería.

–Sigo queriéndote. Lo cual responde a tu siguiente pregunta.

–¿De veras? ¿Y cuál habría de ser esa pregunta?

La mirada de reojo que le lanzó desde las oscuras profundidades de sus ojos fue una advertencia que contradecía la ligereza que había imprimido en su voz. «No se te ocurra desafiarme», parecía decir.

–No es necesario que digas nada. Está escrito en tu rostro. Quieres saber por qué he venido a buscarte, por qué estás aquí.

–Has venido para destrozar mi boda con Rafe –dijo Amber lentamente.

Puede que Guido hubiera acertado en lo de la pregunta que ardía en su cabeza, pero no quería arriesgarse a abrir esa particular caja de los truenos que, inevitablemente, conduciría a otra pregunta aún más incómoda, la de «¿Por qué te has acostado conmigo?» que no «¿Por qué me has hecho el amor?»

–Y porque sigo queriéndote –dijo Guido–. Pero fue necesario que otro hombre te pidiera en matrimonio para hacerme ver cuánto.

¡Estaba celoso! Amber no sabía muy bien por qué aquello habría de sacudir su mundo con tanta violencia, pero así fue. Tanto, que tuvo que sacar una mano para guardar el equilibrio. El movimiento hizo que la sábana cayera mostrando su torso y, frenéticamente, la agarró para que no cayera.

—¿Se supone que debo sentirme halagada?

—No soy hombre de halagos —se encogió de hombros, como quitándole importancia—. Habría venido a buscarte de todas maneras. Simplemente, la necesidad de evitar tu ilegal matrimonio me hizo moverme más deprisa de lo planeado.

—¿Habrías venido a buscarme?

Amber no podía creer lo que estaba oyendo. Estaba segura de que la relación entre ellos había terminado. Nunca se le había ocurrido pensar que iría a buscarla. Claro que también se había equivocado respecto a la legalidad de su matrimonio.

—Estaba esperando a que recobraras el sentido común.

Parecía tan seguro de sí mismo, y de ella, que Amber no pudo por menos de mirarlo boquiabierta.

—Y supongo que piensas que debería estarte agradecida por haberme salvado de los cargos por bigamia.

Guido se encogió de hombros nuevamente y Amber tuvo que hacer grandes esfuerzos para no mirar la flexión en los músculos de su torso con el movimiento.

—Nunca habrías sido feliz con St. Clair.

Pero eso le pareció demasiado. La arrogancia de su aparición era más de lo que podía soportar.

—¿Acaso me has dado oportunidad de comprobarlo? ¿Se te ha ocurrido pensar que puede que yo quisiera estar con Rafe?

—¿Lo amas? —preguntó él de forma tajante.

—Ya me lo has preguntado una vez, ¿por qué otra vez?

—Porque tú has vuelto a sacar el tema. Además, no me parece tan extraño preguntar algo así a la novia el día de su boda. ¿Acaso no querrían su familia y amigos saber si está enamorada del hombre con el que va a casarse?

—Tú no eres ni mi familia ni mi amigo.

Y pensar en lo poco que le había importado a su propia madre le dio ganas de llorar.

—Y no creo que vayas a serlo jamás –añadió, pero inmediatamente se maldijo por ello. Las lágrimas ardían en sus ojos con más crueldad que antes y no parecía capaz de contenerlas ni parpadeando con rapidez.

—No te preocupes, no es eso lo que quiero ser. ¿Por qué no respondes a la pregunta?

—¿Por qué lo preguntas? ¿Me estás diciendo que si digo que le quiero me dejarás ir, quedaré libre para irme con él?

La súbita esperanza que advirtió en los ojos de Amber fue como un daga para Guido, que cerró las manos alrededor de las sábanas. La tentación de tomarlas y rasgarlas expresaba el tormento que estaba viviendo, la batalla que se estaba librando en su interior, la dificultad para contenerla.

Por un segundo, casi deseó que Amber tuviera razón. Deseó que pudiera decir que amaba a Rafe St. Clair con todo su corazón y su alma. Al menos así saldría del remolino de emociones en el que se había visto inmerso desde que Amber se marchara. Si Amber le dijera, mirándolo a los ojos, que amaba a otro hombre, él la dejaría ir. No tendría otra opción.

Pero ella nunca haría algo así.

Guido se preguntó qué habría provocado entonces que las lágrimas asomaran a sus ojos, brillantes como diamantes. La tentación de retirar las gotas que pendían de sus pestañas era tan intensa que cerró aún más los puños sobre las sábanas.

—Tuviste la oportunidad de decir que lo amabas en la iglesia –la desafió–. Y no la aprovechaste. No podías.

Por un momento, Amber pareció a punto de presen-
tarle batalla. Sus ojos verdes relucían, desafiantes,
hasta sus labios sonrosados se abrieron para tomar
aire… que escapó en forma de suspiro.

–No –admitió en voz baja y suave–. No estoy loca-
mente enamorada de Rafe.

Guido había conseguido que Amber dijera lo que
quería oír y sin embargo, una vez lo había escuchado,
no sentía nada. Había creído que se sentiría satisfecho
al comprobar que no amaba a alguien que no era mere-
cedor de su amor; aliviado al ver que no lo considerara
su pareja ideal.

Pero en el lugar donde habrían de estar sus sentimientos, sentía un extraño vacío. Y en su interior, una
fría voz le susurraba que Amber Wellesley, o Amber
Corsentino, no podía amar a nadie porque sólo se
amaba a sí misma.

Al pensar en el nombre de Amber Corsentino se dio
cuenta de que había una nueva complicación en aquel
caos en la que no había pensado hasta el momento. O
sí, pero había preferido posponerla para ocuparse de
otros sentimientos más vitales.

–Vale, ya lo sabes –continuó diciendo Amber, en un
tono de amargura que hacía vibrar su voz–. Supongo
que eso me condena totalmente ante tus ojos. Pero no
te preocupes, no tendrás que soportarme durante mucho tiempo. Sólo tenemos que aguantar unos cuantos e
incómodos días y, con suerte, las aguas volverán a su
cauce.

–¿Crees que lo harán? –preguntó Guido, mirándola
y viendo que Amber aún no se había dado cuenta o no
estaría tan tranquila.

–Claro. En unos días… –se detuvo y sus ojos se lle-
naron de incertidumbre–. ¿No crees que lo harán?
–preguntó en tono mordaz.

–Tenemos que salir de aquí primero.

–¡Ya lo sé! –dijo Amber, aliviada–. No será fácil, pero estoy segura de que…

Una vez más, su voz se diluyó en el silencio al observar el cambio de expresión en Guido. Éste se sorprendió de que Amber no hubiera podido leer sus pensamientos en su rostro. Estaba seguro de que en su cara podía leerse la rabia, la incredulidad y el arrepentimiento por lo sucedido.

Su intención había sido interrumpir la boda y llevar a Amber a algún lugar en el que hablar, a solas, con la esperanza de arreglar la situación.

Quería haber hablado con ella con la intención de averiguar qué sentía por él, si aún sentía algo. Y también quería contarle la verdad sobre Rafe St. Clair y sus verdaderos motivos para casarse con ella.

Quería, en fin, comprobar si había algo más que los uniera aparte de la ardiente pasión que los sacudiera desde el principio.

Porque había sido esa pasión la causante de todos los problemas desde el principio. Por su culpa, habían pasado de la cama a una capilla de Las Vegas, una boda equivocada, y de nuevo a la cama. Y cuando estaban en la cama, no hablaban. Se comunicaban de una manera más básica pero fluida.

Por eso, esa vez, estaba decidido a hacer las cosas de otra manera. No la tocaría, ni siquiera la besaría. No se arriesgaría a repetir la experiencia de la primera vez. Se contendría y se tomaría las cosas con calma, cambiaría las prisas por llegar a la capilla por un tranquilo viaje de descubrimiento mutuo. Se había prometido que dirigiría la relación con Amber con la cabeza en vez de con las hormonas, para ver hasta dónde podían llegar.

Un tremendo fracaso.

Había vuelto a caer en la cama con la misma rapidez, si no más, que la última vez.

–¡*Dannazione!* –exclamó, con tal brusquedad que se puso en pie de un salto, golpeándose la palma de la mano con el otro puño mientras recorría la habitación.

–¿Qué ocurre? –preguntó Amber.

Guido trató de controlarse, incluso consiguió mostrar una sonrisa, aunque notaba como si los labios fueran de mármol.

–Tienes razón –dijo él, evitando la verdadera cuestión–. Salir de aquí no será fácil, pero tendremos que hacerlo en algún momento. Creo que será mejor que te vistas y recojas tus cosas. Nos vamos al aeropuerto.

–¿Al aeropuerto? –Amber entornó los ojos con suspicacia–. ¿Adónde vamos exactamente?

Guido sólo podía pensar en un lugar en el que pudieran estar a solas para hablar.

–A Sicilia. Siracusa, para ser exactos.

A Amber no le gustó el tono burlón de su voz y lo demostró en la forma en que frunció el ceño. Guido se preguntó si seguiría creyendo que no era más que el pobre fotógrafo que había dicho ser cuando se conocieron. De ser así, se iba a llevar una gran sorpresa.

–Entiendo que vives en Siracusa –dijo ella.

–Sí. No me mires así, *bellezza*. No es tan malo como esperas. De hecho, no creo que sea como tú esperas. Ya verás...

–¿Y si no quiero ir a Sicilia? –lo interrumpió ella.

–No creo que tengas alternativas. Tenemos que ir a algún sitio en el que podamos pensar con tranquilidad en nuestro próximo paso.

–¡No tengo que pensar en nada de eso! –dijo Amber, levantándose y cubriéndose el cuerpo con la sábana a modo de toga–. No quiero ir a ninguna parte contigo. Y no tenemos que planear un nuevo paso.

–¿No?

Su contestación estaba envuelta en un tono de advertencia, aunque Amber estaba decidida a pasarlo por alto.

–¡Eso es! Lo único que quiero es esperar a que pase el furor causado por mi boda fallida para poder arreglar un divorcio rápido, y créeme, no sabes lo rápido que va a ser.

–Me parece que no.

Guido no pudo contener la seca carcajada, atrayendo con ella la mirada verde hacia su rostro.

–¿Y eso por qué?

–¿Que por qué? –repitió él con deliberado cinismo–. Creo que la respuesta resultaría obvia para cualquiera. Si esperabas obtener un divorcio rápido, *mia cara*, me temo que tendrías que habértelo pensado mejor. Lo que hemos hecho hace un rato… –señaló hacia la cama con la cabeza– se consideraría una renovación de nuestro matrimonio.

Tal como esperaba, Amber se quedó horrorizada ante la idea. Su rostro palideció y tuvo que llevarse una mano a la boca para contener un grito.

–Pero nadie tiene por qué saberlo. Si no se lo decimos a nadie…

–No es necesario que lo hagamos. Todos lo saben. ¿Acaso has olvidado que cientos de invitados han sido testigos de que llevamos aquí varias horas encerrados justo después de haber declarado que íbamos a intentar reanudar nuestro matrimonio? Estoy seguro de que si se lo preguntáramos, cualquiera lo diría. No, *carissima*, te guste o no, tenemos que aceptar que, ante los ojos de la ley, volvemos a ser marido y mujer, y que estas horas de placer retrasarán nuestra libertad, al menos, dos años más.

Capítulo 10

«NO ES tan malo como esperas. De hecho, no creo que sea como tú esperas».

Las palabras de Guido resonaban en su cabeza cuando Amber salió al balcón que daba al mar, abandonando el interior con aire acondicionado de la habitación para sentir la tibieza de la tarde siciliana. Su ligero vestido de tirantes, estampado en colores azul y verde, se agitaba entre sus piernas con la brisa y el cálido sol acariciaba sus brazos y hombros descubiertos.

Ciertamente no era como lo había esperado. Aquella lujosa villa construida sobre un acantilado, era lo último que habría esperado cuando Guido le había dicho que la llevaba a su casa.

Claro estaba que, para cuando abandonaron Inglaterra de camino a Sicilia, se había enterado de todo lo que Guido no le había dicho, aunque había tenido tiempo para ir asumiéndolo al ver el trato de cliente de primera que le habían dispensado desde que saliera del hotel.

Amber tuvo que reconocer que debería haberse dado cuenta antes. El coche con chófer que los había conducido desde la iglesia hasta el hotel habría sido la primera pista para alguien que no fuera estúpido. Pero lo cierto era que su cabeza no estaba funcionando correctamente en aquel momento. El estupor ante su boda fallida había destrozado cualquier proceso racional.

No se había sentido mucho mejor al abandonar la

seguridad de la habitación del hotel para aventurarse a la vida real. Desde el momento en que se abrieron las puertas del ascensor en el enorme vestíbulo de suelos de mármol, atestado aún de los amigos y familiares de Rafe, los invitados que ambos habían invitado a su boda, se había dado cuenta de que Guido tenía razón. No podrían salir de allí sin ser vistos.

La forma en que la multitud guardó silencio al verlos aparecer, y el murmullo que se inició a sus espaldas conforme caminaban, fueron la confirmación. Si la prensa o cualquier otro quería una historia, no faltaría gente dispuesta a dar todos los detalles.

Había ido en silencio hasta el aeropuerto, pensando en ello, a pesar de las muchas preguntas que se acumulaban en su cabeza. Pero lo más increíble había sido el avión.

–¡Esto no es un avión comercial! –había exclamado furiosa–. Es pequeño. Debe de ser un jet privado, no puede ser otra cosa. Creo que ya es hora de que me expliques algunas cosas, por ejemplo a quién pertenece.

–Es mío –dijo Guido–. Bueno, mío y de mi hermano. Pertenece a Corsentino Marine and Leisure, de la que somos dueños Vito y yo.

–Corsentino... –Amber sacudió la cabeza, confusa–. No daré un paso más hasta que me digas quién eres exactamente y qué es lo que haces.

Amber quería haber esperado a estar dentro del avión, pero se negó a dar un paso más, obligándolo a susurrarle la explicación en tono furioso. Tan absortos estaban en su pelea que no se dieron cuenta de que seguían siendo el centro del interés mediático hasta que recibieron el fogonazo de una cámara que los obligó a parpadear.

Un interés que entonces Amber empezó a comprender.

Guido Corsentino no era sólo el fotógrafo que le había robado el corazón, sino Guido Corsentino de Corsentino Marine and Leisure. Pero hasta que llegaron a la isla no se hizo una idea exacta de lo grande que era su empresa.

Sin embargo, cuantas más cosas averiguaba de la verdadera vida de Guido, más le parecía estar alejándose de él. Era como si el hombre con el que vivía, el hombre con quien se había casado, le resultara cada vez más extraño.

Lo cierto era que no se había casado con el hombre que creía. Aquel hombre no era el Guido Corsentino de quien se había enamorado perdidamente; un hombre con ingresos humildes pero un encanto, una inteligencia y un atractivo sexual arrebatadores.

Y sin embargo, el Guido Corsentino que había entrado en la iglesia una semana atrás para impedir su boda con otro sí tenía algo del hombre que tanto había amado; algo que la había conducido a hacer el amor con él de nuevo.

No, el Guido actual era otra persona. Era un hombre rico y poderoso. Un hombre que, junto a su hermano, dirigía una gigantesca compañía dedicada al ocio y la construcción de lanchas motoras. Ese hombre era un extraño para ella.

Y ese hombre ni siquiera había tratado de tocarla desde que llegaran a la villa una semana atrás. Amber había sido conducida a su habitación e, inesperadamente, él había ocupado otra en el mismo pasillo. Pasaba los días, y las noches, sola.

Amber suspiró, retirándose el pelo del rostro, y trató de flexionar los hombros doloridos por el esfuerzo de mantenerlos erguidos. Si dejaba que cayeran, Guido lo interpretaría como un signo de debilidad.

Y no tenía intención de mostrarse débil ante él.

Un breve toque en la puerta de la habitación la sacó de sus pensamientos. Seguía debatiéndose entre abrir o no cuando la puerta se abrió y Guido entró en la habitación.

–¿Te he dicho que podías entrar?

A Amber no pareció preocuparle el tono agresivo y malhumorado, pues así era como se sentía. Era la única forma de no caer en el abismo de la desesperación.

Sólo una semana atrás, había estado a punto de emprender el camino hacia un futuro feliz, en el que dejar atrás el pasado. Y ahora parecía que había retrocedido hasta ese pasado, sólo que no lo reconocía. Al igual que no reconocía a Guido.

Ni siquiera físicamente parecía el mismo hombre. El Guido actual, vestido con estilo informal en vaqueros y un polo blanco, parecía mucho más relajado y cómodo allí, en sus dominios. El tono bronceado de su piel parecía más oscuro, su pelo relucía aún más a la luz del día, y el color bronce de sus ojos parecía tener un fuego que los hacía brillar como metal líquido, abrasándola con cada mirada.

Estaba más guapo que nunca, pero aquél no era el Guido que conocía.

–He llamado… y ésta es mi casa. Además, eres mi mujer y la mayoría de las parejas no se muestran tan pudorosas…

–¡Nosotros no somos como la mayoría de las parejas! De hecho, creo que lo de ser marido y mujer sería muy discutible en estos momentos, ¿no te parece?

La forma en que Guido frunció el ceño era una prueba de que estaba luchando por controlar su temperamento, y consiguió que su tono fuera suave.

–¿Y cómo es eso, *mia cara?* –preguntó, atravesando la habitación hasta colocarse a su lado en el balcón. Se apoyó sobre la balaustrada con gesto indolente–. Creía haberte convencido de que nuestro matrimonio es legal y en toda regla.

Estaba demasiado cerca para la comodidad de Amber y la forma en que el sol hacía relucir su cabello negro hizo que se le secara la boca y contuviera el aliento. El aroma a limpio pero muy varonil que emanaba su cuerpo parecía llenar el aire, mezclándose con el profundo olor cítrico de su colonia de una manera que desbarataba sus sentidos y hacía volar la sangre por sus venas.

–Eso fue antes de que me mintieras –tomó un vaso de agua, disgustada por el tono inseguro de su voz–. Estoy segura de que si alguien examinara ese certificado de matrimonio podría ver que lo obtuviste de forma incierta.

–¿Y en qué momento te mentí?

El tono de Guido era despreocupado, pero sus profundos ojos oscuros estaban fijos en ella, llevando a cabo un escrutinio tan intenso que Amber se removió incómoda, segura de que aquella mirada le estaba quemando la piel.

–Al decir que eras fotógrafo.

–No… Nunca te mentí. Simplemente dije que estaba en Las Vegas trabajando como fotógrafo. Y era cierto. Tú asumiste que eso era lo que yo hacía para ganarme la vida, de la misma manera que yo asumí que tú eras la niñera que decías ser.

–¡Y así era! Había estado trabajando para una familia estadounidense pero se me acabó el trabajo. Estaba de vacaciones antes de volver a casa. ¡Y te lo dije!

–Pero no me dijiste que eras la hija de un noble inglés.

Amber dejó el vaso sobre la balaustrada de piedra con menos cuidado del que merecía el fino cristal e hizo una mueca de dolor cuando oyó el cristal al romperse.

—La hija —repitió ella, haciendo hincapié en la palabra con amargura—. Y, según las normas hereditarias inglesas, eso no quiere decir mucho. Cuando mi padre murió, su título y sus propiedades pasaron a otro, un heredero varón.

—¿Cuándo murió tu padre?

—No lo conocí. Se cayó de su caballo en un accidente de caza y se rompió el cuello meses antes de que yo naciera.

—Entonces nunca poseíste el título ni las tierras. Nada.

—No. Mi madre sí, claro. A ella le gustaba todo eso. De hecho, ésa fue la razón por la que se casó con mi padre.

Algo en el tono de Amber apeló a la sensibilidad de Guido. A pesar del sol sobre su espalda y el sonido de las olas lamiendo la orilla, se vio de nuevo en la pequeña iglesia del pueblo inglés, observando a Amber a los pies del altar al borde de la histeria, mientras los invitados se levantaban y salían de allí.

Vio también a la madre de Amber, la única que había esperado que se quedaría para reconfortar a su hija, pero no lo hizo. La vio darse la vuelta tras mirarlo con el odio y el desprecio más absoluto, y echar a andar tras la familia St. Clair, sin ni siquiera mirar a su hija.

—¿Has hablado con tu madre?

—No —dijo ella, lenta y débilmente, tanto que casi no movió los labios para ello.

—¿No? ¿Por qué no?

—No creo que quiera tener noticias mías.

—¿Estás segura?

—Es mi madre, Guido. Lo sé.

Lo dijo en un tono tan frío y controlado que, por un

momento, Guido creyó la pose que Amber pretendía venderle. Pero entonces notó la tensión de sus palabras y, cuando la vio apartarse y entrar en la habitación, no le pasó inadvertida la manera en que mantenía la espalda erguida en una postura bastante poco natural.

–Amber…

Ésta no se dio la vuelta. No dio muestras de haberlo oído. Se limitó a sentarse en la cama, de espaldas a él, y se aferró al cabecero de madera tallada con una de sus delgadas manos.

–Me gustaría que te fueras –dijo ella, con sequedad.

–No lo haré hasta que solucionemos esto.

–¿Solucionar qué? –preguntó ella, en un tono tajante y seco.

–Lo que te pasa por la cabeza en este momento.

–Pues me temo que te decepcionaré, porque lo único que tengo en la cabeza es el deseo de quedarme a solas. Como te he dicho...

–¡Mírame cuando me hablas! –la interrumpió él con una orden enérgica.

Tras un lapso de tiempo en silencio, Guido pensó que no lo había oído o, en caso de haberlo hecho, estaba decidida a no hacerle caso. Pero entonces, Amber inspiró profundamente y dejó escapar el aire entre los dientes, lentamente, tratando de recuperar el control.

–Y yo te he dicho que quiero que me dejes sola.

Tenía los ojos aparentemente secos, pero se podía percibir un brillo de lágrimas contenidas mientras su mano seguía aferrándose al cabecero de la cama.

–No hasta que me digas qué hiciste mal.

–¿Qué? –Amber giró la cabeza hacia él al oírlo. Primero se quedó mirándolo fijamente y después entornó los ojos–. ¿A qué te refieres?

Guido cambió de postura sin moverse de su sitio junto a la balaustrada, apoyando un codo sobre el parapeto de piedra y la cabeza en la mano. La forma en que notó que Amber seguía sus movimientos con gesto tenso le dio la respuesta.

Parecía un cervatillo sorprendido mientras comía apaciblemente. Un paso en falso y echaría a correr, y aquel momento se perdería para siempre. Por eso tuvo que vencer el deseo de correr a abrazarla. Había dado en la diana. Y no pensaba dejarla ir hasta averiguar de qué se trataba.

—¿Qué hiciste para apartar de ti a tu madre? ¿Qué falta cometiste… a sus ojos?

Esas tres últimas palabras le dijeron a Guido que Amber se lo contaría. Hasta entonces se había negado a darse la vuelta, decidida a soportarlo estoicamente sin decir palabra. Lo había visto en su precioso rostro. Pero esas tres palabras la habían hecho pensárselo mejor.

—Dímelo —añadió él, con suavidad.

Una vez más, Amber tomó aire entrecortadamente mientras hacía un extraño movimiento con la mano, rozando el dorso de sus dedos contra la frente, como si estuviera apartando una telaraña invisible.

—Ya que quieres saberlo, nacer niña es lo que mi madre no perdona. Las tierras de mi abuelo sólo podría heredarlas un varón y como mi padre murió antes de que yo naciera, el bebé que mi madre llevaba en su seno se suponía que sería quien le facilitaría un título, unos ingresos, todo. Pero el bebé nació con el sexo equivocado. Al ser niña, no me correspondía nada y a mi madre tampoco. Nunca se ha acostumbrado a ello y nunca me ha perdonado. En cuanto tuve la edad suficiente, me envió a un internado mientras ella se ponía a la tarea de buscar marido. Ya que no podía heredar un título, bien podía casarse con alguien que lo tuviera…

Su voz se diluyó en el silencio y se quedó mirando el suelo de madera pulida, trazando, absorta, un dibujo con la punta de la sandalia.

–No tuvo éxito –dijo al cabo–. Atraía a muchos hombres. Tuvo más aventuras de las que puedo recordar, pero ninguno se quedaba. Ninguno quiso casarse con ella. Y tuvo que contemplar cómo el primo de mi padre vivía a todo lujo en Wharton Hall, con todo lo que quería, todo lo que un hijo le habría dado a ella, y todo lo que yo no podía darle.

Guido apretó la mano oculta bajo la mata de cabello en señal de la furia que despertaba en él el comportamiento de la madre de Amber. No podía comprender cómo una mujer podía ser tan egoísta, tan insensible y avariciosa.

–No fue culpa tuya.

Amber sonrió débilmente.

–Nada de lo que yo hiciera le había parecido bien hasta que decidí casarme con Rafe St. Clair.

Amber recordó que, durante unas semanas, había sido el centro del mundo de su madre. Sabía que eso, y el dolor causado por la falta de sensibilidad de Guido, habían contribuido a que aceptara la proposición de Rafe.

Él no parecía haber reparado en ella hasta entonces, en un encuentro fortuito en Las Vegas.

–Y entonces llegué yo y lo estropeé todo.

Amber trató de sonreír, pero no consiguió más que sus labios se retorcieran en un gesto de amargura.

–Lo irónico es –consiguió decir ella entre las emociones que le atenazaban la garganta– que si mi madre hubiera sabido esto –hizo un gesto que abarcaba la lujosa habitación–, te habría recibido con los brazos abiertos.

–¿Y también la idea de que estuviéramos juntos?

Guido se apartó del balcón y entró en la habitación de color crema.

—Muy posiblemente.

—¿Y por qué no se lo dices entonces?

—Porque ya estoy harta de tratar de ganarme su amor con cosas materiales en vez de por lo que soy; porque el momento en que me dio la espalda el día que se suponía que iba a casarme con Rafe, me dejó claro que nunca lo conseguiría. Cualquiera que se hubiera preocupado por mí se habría quedado.

Era una verdad a medias. Menos que eso. La verdad era que nunca utilizaría a Guido de esa forma. Nunca podría tratar de ganarse la aprobación de su madre por lo que él era, en vez de por ser quien era. No podría hacer de su riqueza una parte de él tan importante cuando para ella eso no significaba nada. Ella lo había amado cuando pensaba que no tenía dinero y…

—Debería haberse quedado…

Las palabras de Guido llegaron hasta ella vagamente, silenciadas y distorsionadas por el súbito rugido que resonaba en su cabeza, la sangre que corría veloz por sus venas le impedía pensar con claridad.

«Cualquiera que se hubiera preocupado por mí se habría quedado».

Guido se había quedado.

Cuando todos los demás la habían dejado allí, en la iglesia; cuando su madre la había dejado allí, sola y perdida, Guido se había quedado.

Se había quedado para apoyarla, para advertirle sobre los *paparazzi*. La había protegido de la prensa cuando intentó salir a la calle, la había obligado a entrar y le había ofrecido una salida, una solución.

Guido se había quedado. ¿Pero qué significaba?

«A partir de ahora estamos juntos en esto, te guste o no».

Lo había amado cuando pensaba que no tenía dinero y... y nada había cambiado. Seguía amándolo. Puede que incluso más que antes. Y no sólo con la avidez sexual que se había apoderado de ella en la habitación del hotel el día de su «boda». Sentía algo mucho más profundo, mucho más fuerte, mucho más completo. Era parte de ella, estaba enraizado en la propia esencia de lo que era y nunca podría ser destruido por completo.

No importaba quién fuera, o lo rico que fuera, o dónde viviera. Lo único que importaba era que era Guido. Un hombre. Y ella amaba a ese hombre.

Tomar conciencia de ello fue como una puñalada. No podía respirar. Extendió la mano, a ciegas, en busca de apoyo, y notó que algo cálido y firme se aferraba a ella.

–¿Amber?

Guido la estaba mirando con gesto preocupado y se obligó a sonreír, aunque con la esperanza de que la sonrisa no la traicionara.

–Demasiado sol. No estoy acostumbrada –dijo débilmente.

–Te traeré un poco de agua.

Había una botella y un vaso en la mesilla, y Guido le dio la espalda mientras lo llenaba.

Acciones tan corrientes como ésas, hechas por él, por el hombre que amaba, parecían adquirir un nuevo significado. Sus manos eran grandes y fuertes, bronceadas por el sol italiano. Y bajo la piel bronceada, los músculos de sus antebrazos se flexionaban de forma fluida. Amber deseaba extender la mano y pasar los dedos por la piel que cubría aquellos músculos firmes.

Aunque tal vez fueran sus amplios hombros lo que deseaba tocar, enredar los dedos en el sedoso cabello de su nuca, más negro que nunca en contraste con el blanco de la camiseta. Y seguro que la manera en que sus gastados vaqueros se ceñían a sus esbeltas caderas y a sus largas piernas contribuía a que se le acelerara el pulso y aumentara la temperatura de su cuerpo, más que el sol.

Era como si no lo hubiera visto nunca, y al mismo tiempo, le parecía que era el único hombre que había visto en su vida. Parecía incapaz de dejar de mirarlo, deseaba absorber todos sus detalles como si fuera un festín maravilloso servido delante de alguien privado de comida durante mucho tiempo.

Pero entonces se dio la vuelta y sus ojos se encontraron durante un momento.

Amber no pudo apartar la vista y estaba segura de que sus sentimientos, el deseo y la avidez que la roían por dentro, debían de ser visibles en sus ojos.

Podía soportar el deseo y la avidez. Guido también sabía lo que eran esos sentimientos. Lo comprendería. Estaba segura de que veía arder los mismos sentimientos en las profundidades oscuras de los ojos de Guido. Una llama potente y abrasadora que con seguridad la arrasaría con una sola mirada.

¿Pero y el amor?

De ninguna manera podría comprender Guido lo que era el amor ni tampoco querría el suyo. No después de lo que había ocurrido entre ellos.

Decidió cerrar los ojos en un intento por ocultar su vulnerabilidad.

Capítulo 11

TU AGUA…
Tras el momento de intensa atracción sexual que había experimentado, las palabras de Guido la llevaron de vuelta a la realidad con tal fuerza que sintió casi dolor físico. Se preguntó si habría imaginado el mismo ardor en sus ojos o habría sido sólo el reflejo de sus propios sentimientos.

–¿Qué?

Tenía la garganta seca, pero los primeros sorbos no parecían capaces de deshacer el nudo de nervios y tuvo que tragar con energía para lograrlo. Guido la miraba con el ceño fruncido.

Era consciente de que tenía que decir algo, cualquier cosa, para distraerlo.

–No me has dicho a qué has venido –dijo por fin, ignorando el ceño fruncido y los ojos oscuros que la miraban como advirtiéndole que sabía bien que trataba de distraerlo y que no tenía mucha paciencia con sus tácticas.

Al principio, Amber estaba segura de que no iba a contestarle pero entonces, se cruzó de brazos y lo hizo.

–Mi hermano vendrá a cenar esta noche. Pensé que te gustaría conocerlo.

Su hermano. Amber dio otro sorbo de agua, un alivio para su reseca garganta. Desde que llegaran hacía una semana, no había visto a nadie más que a Guido y al silencioso y discreto personal que atendía la villa.

Estaba agradecida por que hubiera sido así. Necesitaba esconderse, estar a solas para aceptar lo que estaba pasando.

Pero no podría estar ocultándose siempre y, en ese momento, la realidad irrumpía en la villa bajo la forma del hermano de Guido, Vito.

—Eso depende de lo que le hayas dicho de mí —dijo ella a la defensiva.

—Bueno, naturalmente, le he dicho que estás aquí, conmigo.

—¿En calidad de qué? ¿Le has dicho que soy tu mujer? —la inquietud imprimió un tono mordaz a su comentario.

—¿Quieres que lo haga? —preguntó él con idéntica mordacidad—. ¿Quieres que Vito sepa que estamos casados?

Amber no estaba segura de la respuesta. Ante la presión, su instinto le decía que no, no quería que nadie supiera que Guido Corsentino y ella estaban casados. Su vida ya era demasiado complicada.

Sin embargo, al mismo tiempo, una opinión bien distinta se abrió paso en su cabeza. Ella era la mujer de Guido. A pesar de los meses que había pasado lamentando su unión, odiando a Guido por su engaño, que ahora sabía no era tal, ella era la esposa legal de Guido.

Y había admitido para sí que lo amaba.

Se preguntaba si no tendría que darle una oportunidad a esa nueva realidad. Tal vez, si se quedaba allí como Guido le había pedido, viviendo con él, actuando como su mujer, haciendo el amor con él, tal vez entonces, empezara a sentir algo por ella.

Guido ya sentía algo por ella, aunque sólo fuera una pasión ciega. Cualquier otra cosa que hubiera habido entre ellos había muerto. Desde su llegada a Sicilia, se había mantenido lejos de ella. Tal vez para dejarla descansar y pensar en las cosas, algo que desde luego le parecía muy tierno y considerado por su parte.

–¿O prefieres que sea nuestro pequeño y sucio secreto?

Amber se quedó en silencio demasiado tiempo y Guido se impacientó.

–¡No tiene por qué ser así! –exclamó Amber finalmente.

–¿No? ¿Acaso no es eso en lo que me has convertido? ¿Algo que no quieres recordar? ¿Un secreto que es mejor barrer debajo de la alfombra? ¿No he sido tu pequeño y sucio secreto?

–¡Pero ya no! Ya no es necesario. Estoy segura…

Las palabras se diluyeron en el silencio mientras contemplaba la mirada de suspicacia que se había apoderado de los ojos de Guido. Tal frialdad desprendían que Amber sintió que un escalofrío de aprensión le recorría la espalda.

–Ya no es necesario –repitió Guido con aire burlón–. Me preguntó por qué. ¿Cómo es que ya no quieres seguir ocultándome?

«Porque te amo».

Pero no podía decírselo. No podía decirle algo así al hombre de ojos de hielo que tenía delante.

Sabía a lo que se refería, por supuesto. Casi podía leer sus pensamientos. Bastaba echar un vistazo a la preciosa villa, recordar el jet privado, cómo los hermanos habían heredado un negocio de construcción de barcos en decadencia y lo habían convertido en el próspero negocio que era en la actualidad. El diseño y la producción de una increíble lancha motora de competición había hecho aumentar las ventas y la reputación de la compañía que iba ya camino de convertir a los Corsentino en multimillonarios.

Era evidente que Guido creía que ésa era la razón por la que ella ya no quería mantener oculta su relación.

Y por eso, Amber buscó la manera de irse por las ramas, sin atreverse a revelarle lo que sentía en su corazón.

–No tiene sentido tratar de ocultarlo cuando nuestros nombres y nuestras fotos están en todos los periódicos ingleses. Y, además, ¿no fuiste tú quien dijo, nunca digas nunca?

Guido clavó entonces sus ojos oscuros en ella, en busca de algo y Amber se obligó a sostenerle la mirada mientras dejaba el vaso en la mesilla y se acercaba a él.

–¿Qué estás diciendo, Amber? –preguntó él, y la aspereza de su tono reveló el efecto que ella tenía en él, el efecto que ella quería tener.

–Estoy diciendo que, nos guste o no, somos marido y mujer. Mucha gente ya lo sabe y, después de lo ocurrido en el hotel, no creo que nos resulte fácil divorciarnos en un futuro cercano, a menos que uno de nosotros facilite pruebas de que…

El débil intento de mostrar despreocupación estaba fallando y Amber lo supo por la manera en que Guido frunció el ceño, así que decidió cambiar de táctica.

–Estamos juntos y, bueno, ¿por qué no aprovechar el hecho de…?

Amber se detuvo, sin comprender por qué Guido no decía nada, por qué no mostraba reacción alguna. Seguro que Guido había captado el mensaje.

–¿A qué te refieres?

–¡Lo sabes perfectamente!

–Vas a tener que mostrármelo. Vamos, Amber –la retó–. Deja de soltar indirectas que no estás dispuesta a llevar hasta el final.

La deliberada provocación llevó a Amber a avanzar un poco más hasta estar justo frente a él. Casi podía oler el cálido aroma de su piel y su pelo, mezclado con el olor a limón de su champú. El suave sonido de su respiración era el único ruido en la habitación aparte del de las olas que lamían la orilla bajo el balcón.

–¿Qué te hace pensar que no estoy dispuesta a llegar hasta el final, Guido? –la voz le tembló ligeramente a causa de los nervios.

Se preguntaba si realmente sería capaz de hacerlo hasta que lo tocó y su cerebro dejó de pensar.

Le dio un vuelco el corazón cuando notó la tibieza de la piel de la mejilla al posar en ella sus dedos. Deseaba acariciar todo su cuerpo. Era realmente placentero, y, sin embargo, Guido seguía sin reaccionar. Podía percibir la tensión en sus músculos.

–Yo no hago promesas que no tengo intención de cumplir. Y eso es lo que estoy haciendo, Guido, promesas, no indirectas.

Esa vez posó los labios donde antes estuvieron sus dedos. La presión de sus labios lo hizo inspirar profundamente y, cuando Amber recorrió con la punta de la lengua su firme mandíbula, Guido no pudo controlar el escalofrío.

–Amber… –susurró él con voz ronca y esa vez no pudo evitar tomarla entre sus brazos y ceñirla contra sí.

Amber se dejó atraer. Levantó los dedos entonces hasta el cuello del polo, extendiéndolos después por el pecho que se tensó de inmediato, y se detuvo sobre el corazón. Quería captar el rápido latido de su pulso. Entonces levantó la mirada hacia sus ojos, resguardados, de expresión inescrutable y totalmente engañosa.

Amber pensó que sabía lo que se proponía hacer Guido. La dejaría llevar el mando mientras él se limitaba a observar, esperar y hacer. Aceptar el papel de se-ducido en vez de seductor.

Cuando sus dedos rozaron la piel al descubierto por la abertura del polo, notó los primeros signos de rendi-ción. Acarició con el pulgar la base de su garganta, allí donde latía el pulso con fuerza.

–Y te prometo –susurró Amber, apretándose contra el pecho de Guido, dejando que su excitado miembro se adaptara al hueco de su pelvis– que puedo darte la pasión que necesitas, la sensualidad que anhelas.

–*Dio mio,* Amber…

Las palabras escaparon de su garganta en un ge-mido susurrado mientras la tomaba entre sus brazos. Sus manos se cerraron sobre su estrecha espalda, le acariciaron la espina dorsal, y se curvaron, protectoras, contra la nuca antes de subir más y enredarse entre los mechones de su cabello castaño.

Tiró entonces un poco hacia atrás de forma que Amber levantó el rostro y entonces Guido capturó sus labios con los suyos, loco por saborear la húmeda cali-dez de su boca.

Dando tumbos llegaron de nuevo al borde de la cama, sin separar sus bocas. Guido encontró con la mano libre las caderas de ella, y cubrió con ella su tra-sero.

Amber se retorció de placer ligeramente y ambos cayeron sobre la cama. El vestido quedó retorcido al-rededor de su cintura y al percibir la caricia de Guido sobre la sensible piel de la cara interna de los muslos, tomó aire desesperadamente como si se estuviera aho-gando.

–Sabía cómo eran las cosas entre nosotros; lo que podrían volver a ser… –le susurró Amber al oído. Trató entonces de besarlo pero, de pronto, todo cam-bió.

–¡No! –exclamó Guido.

Apenas le dio tiempo a comprender el motivo de tal exclamación cuando Guido se apartó de ella, de sus brazos, de sus besos. De un salto, se levantó de la cama y se plantó en el centro de la habitación, casi fuera de la puerta. Se pasó las manos por el cabello oscuro y la miró con tal desdén que Amber sintió deseos de desaparecer.

–¡No, maldita seas! No me dejaré engatusar de esa manera…

–¿Engatusar?

Tirada sobre la cama, con el vestido revuelto a la altura de la cintura, las piernas abiertas revelando la piel blanca de sus muslos, Amber no se atrevía a moverse. Incluso la frustración de su cuerpo excitado quedó ahogada bajo el peso de la confusión y el estupor.

–Sí, engatusar. No iremos por ahí otra vez. ¡Jamás!

Y antes de que pudiera decir o hacer nada, se giró sobre los talones y salió por la puerta que cerró de un portazo furioso.

Amber se quedó allí, tratando de recuperar la calma, con la respiración aún entrecortada y la cabeza llena de pensamientos dolorosos.

No podía entender qué había ocurrido. Estaba segura de que eso era lo que Guido quería. Era lo que ella quería…

Súbitamente, la realidad la golpeó. Recordó nuevamente el día de su boda con Rafe, en la iglesia. Estaba en el pasillo, con Guido, jurando que no volvería a acostarse con él.

«*Carissima*, eres una mentirosa», le había dicho Guido, suavemente. «Tus palabras, tus protestas, son una mentira. Incluso te estás mintiendo a ti misma y no muy bien. Disfrutaré mucho demostrándote que tus palabras no son ciertas, aunque me lleve un tiempo.

Un día, vendrás a mí suplicándome que te perdone por haber dicho estas cosas, y yo… yo te estaré esperando».

En ese momento se dio cuenta de lo que había querido decir Guido con aquellas palabras. Desde luego había suplicado, si no con palabras, con sus actos, con su cuerpo. Un cuerpo que le había ofrecido en bandeja para que él hiciera lo que quisiera con él. Lo único que, según ella, Guido deseaba.

Y él lo había rechazado.

La había dejado suplicar, incluso la había alentado con besos y caricias. Y cuando ella se había dejado convencer de que eso era lo único que podían seguir teniendo, él la había desdeñado, dejándole claro que ya no quería nada de ella. Nada en absoluto.

Capítulo 12

TÚ DEBES de ser Amber…

Vito Corsentino se parecía tanto a su hermano que Amber retrocedió confusa. De no llevarse dieciocho meses se diría que eran gemelos.

De hecho, tanto se parecían que, por un momento cuando llegó al salón y vio al hombre alto y musculoso, con el cabello oscuro de pie junto a la chimenea, lo había tomado por Guido.

Sólo hasta que vio su sonrisa. En ese momento, se dio cuenta de que aquél no era el hombre que amaba sino su hermano menor.

Guido no le sonreiría de esa manera. No lo había hecho desde que se conocían y, mucho menos, en esos momentos. Esa noche, dudaba mucho que lo hiciera.

No había vuelto a verlo desde que saliera como un torbellino de su habitación. Seguía sin saber qué había provocado su cruel retirada y no había tenido oportunidad de preguntárselo.

Guido había mantenido las distancias el resto de la tarde y sólo se había comunicado con ella a través de una nota que le había sido entregada por un miembro del servicio: *Mi hermano vendrá a cenar a las ocho. Espero verte entonces. Ponte algo apropiado.*

Amber no sabía qué era lo «apropiado» en aquellas circunstancias. No sabía si sería presentada como la esposa de Guido o simplemente como su última amante. En cualquier caso, no sabía qué ropa era apropiada.

Al final, había optado por un toque de sofisticación, una inyección de moral cuando se miró en el espejo. El vestido de punto de encaje negro se ceñía a su cuerpo como una segunda piel y estaba diseñado para que pareciera que no llevaba nada debajo de la combinación de color carne. Era un vestido que había comprado en un ataque compulsivo de compras para su luna de miel. Como conocía las costumbres conservadoras de Rafe y su familia, todo lo demás era mucho más púdico, incluso formal. Pero cuando vio el vestido en un escaparate no había podido resistirse. Especialmente cuando se lo probó.

Completó el efecto con un elegante recogido en la base de la nuca y se puso unos pendientes largos de plata como única joya. Un toque de máscara de pestañas y un poco de brillo de labios bastó para iluminar el ligero bronceado que había adquirido en la semana que llevaba allí. Se sintió preparada para enfrentarse a su destino.

Antes de entrar en el salón, se había tenido que parar en la puerta a inspirar profundamente varias veces para calmar los nervios.

–Sí, soy Amber…

No fue sólo la inseguridad lo que la hizo titubear mientras estrechaba la mano de Vito. Fue el impacto de su aspecto, tan parecido a su hermano y tan distinto al mismo tiempo. Tenían la misma estatura y constitución, la misma estructura facial, el mismo pelo negro. Pero mientras los ojos de Guido eran del color del bronce fundido, los de Vito tenían un tono gris oscuro, casi negro. La camisa de color azul pastel y el precioso traje de diseño, en seda de color gris, eran más formales que la ropa que solía vestir Guido y era precisamente esa característica indefinible lo que los diferenciaba.

Eso y que ella amaba a Guido mientras que Vito era sólo un hombre tremendamente atractivo.

–Guido dijo que tenía que venir a conocer a su nueva novia. ¿Te apetece algo de beber?

–Sí, por favor. Vino blanco...

Amber agradeció que Vito le diera la espalda mientras preparaba las bebidas. Necesitaba recuperar la calma.

Su nueva novia. Así era como Guido la había descrito. Casi podía escucharlo diciéndoselo a su hermano, con ese tono de despreocupación que implicaba que la chica no era nada especial, sólo una mujer bonita que llevar del brazo, alguien con quien pasar los días y las noches, pero no alguien con quien pasar el resto de la vida.

Como una esposa.

Era su novia, no su esposa. Y parecía que su matrimonio seguiría siendo el «pequeño y sucio secreto» que Guido le había ocultado a su hermano desde el mismo día en que se juraron sus votos.

La puñalada de dolor fue tan brutal que unas lágrimas amargas empezaron a arderle en el fondo de los ojos, hasta el punto de que tuvo que parpadear rápidamente varias veces para evitar que cayeran. Aceptó con mano temblorosa la copa que le entregaba Vito y se apresuró a dar un largo sorbo en un intento por recuperar la calma.

–¿Y dónde os conocisteis?

–En Inglaterra...

Fue Guido quien respondió a la pregunta mientras ella se debatía entre qué responder. Había aparecido en la puerta, a la espalda de Amber, que no podía saber cuánto tiempo llevaba allí, observándolos.

–Se suponía que iba a casarse con Rafe St. Clair.

–¡Eres esa Amber!

La estupefacción de Vito fue tal que lo distrajo lo suficiente como para no ver la rigidez que había adquirido la espalda de Amber cuando Guido entró en la sala, ni el beso despreocupado que éste depositó en su mejilla, desprovisto de todo afecto y calidez.

Pero Amber sí lo notó. Percibió la distancia que Guido había puesto, deliberadamente, entre ellos tras lo ocurrido en su habitación. Le estaba dejando claro que, no importaba lo que le dijera a su hermano, no estaban juntos. Desde luego no eran los amantes que Vito habría pensado.

Y tampoco el matrimonio que fueron una vez.

Amber notaba que la cabeza le daba vueltas en una mezcla de dolor e incertidumbre. No sabía qué pensar. No sabía cómo reaccionar. Trató de sonreír, pero tenía los labios tan tensos que le costaba. Sus ojos tampoco estaban sonrientes. No podía ocultar la inquietud.

—Escapaste por poco.

—Dejaremos ese tema por ahora —gruñó Guido, lanzando una mirada de advertencia a su hermano para evitar que se pusiera a hablar de algo que era mejor mantener oculto. Debería haberle dicho a Vito que el tema de la boda era terreno vedado.

Había hablado con demasiada brusquedad, y la mirada que Vito le devolvió le decía que había estado a punto de traicionarse. Tuvo que esforzarse por sofocar los salvajes sentimientos que lo habían asaltado desde que llegara y viera a Amber.

Al principio había creído que no llevaba nada debajo del vestido, lo cual le había acelerado el pulso sin remedio. Para cuando se dio cuenta de que llevaba una combinación era demasiado tarde. Ya no podía calmar su presente mal humor. La frustración seguía ardiendo en su interior, arañándole los nervios, después del momento de lujuria insatisfecha de esa misma tarde.

Había intentado trabajar, pero su mente no había dejado de conjurar todo tipo de eróticas imágenes. Ni siquiera se había atrevido a ir a su habitación para explicarle lo de la cena. Por eso, verla hablando tranquilamente con su hermano, sonriéndole con aquel vestido que aceleraría sin duda el pulso de cualquier hombre, había sido demasiado para él. Controlar sus sentimientos le exigía ejercer un férreo control sobre sus nervios, sus movimientos, sus pensamientos. Hasta el beso en la mejilla le había supuesto un triunfo para no demorarse en el contacto, pues en su estado de ebullición, cualquier contacto prolongado encendería un fuego incontrolable.

Consiguió aguantar la velada aunque fuera hablando de negocios con su hermano, consciente de que así dejaba a Amber fuera de la conversación. Cuando Vito llevó la conversación a temas más generales, Guido había seguido sólo parte. Tenerla enfrente, mirándolo con los ojos muy abiertos y relucientes, el esbelto cuello a la vista con aquel elegante recogido, el pronunciado escote del vestido que revelaba los delicados huesos de sus hombros, el suave tono dorado de su piel, la dulce curvatura de sus pechos; el conjunto había destruido toda habilidad racional. No había dejado de mirarla, ajeno a toda conversación, a la que contribuía con algún monosílabo acá y allá, totalmente aleatorios.

Había decidido que no se acostaría con ella hasta que supiera lo que sentía por él, pero en ese momento no hacía sino cuestionarse si había sido una sabia decisión. Si el sexo complicaría las cosas, la falta de él le había inutilizado el cerebro. No podía pensar con claridad y la verdad era que tampoco estaba más cerca de averiguar lo que Amber sentía. Más bien, podría decirse que se hallaba más lejos de encontrar la respuesta que buscaba.

–¿Más vino, Guido?

La voz de Vito penetró en sus pensamientos, obligándolo a volver al presente.

–Estoy bien…

–Pero tienes el vaso vacío.

Guido se quedó confuso al comprobarlo. No tenía conciencia de haber bebido, y, sin embargo, la copa estaba vacía.

–¿Tienes la más mínima idea de lo que estábamos hablando? –preguntó su hermano con un tono de diversión en la voz.

–¡Del Etna! ¿De qué se le habla a un visitante si no es del volcán?

La expresión divertida de Vito aumentó.

–Hace diez minutos que dejamos de hablar del volcán. Llevas perdido en tus ensoñaciones desde entonces –suspirando, dejó la botella en la mesa y apuró lo que quedaba en su copa–. Tengo la impresión de que aquí estoy de más. Es hora de irme.

–¡Por mí no lo hagas!

Por mucho que lo intentara, Guido no logró imprimir a su voz la desgana que quería. A juzgar por la mirada de Vito, era obvio que no lo había convencido.

–Creo que sería… una muestra de tacto… dejaros solos.

–No es necesario.

Amber parecía tan incómoda como Guido. Éste se preguntó si tan repugnante le resultaba la idea de quedarse a solas con él. La verdad era que apenas lo había mirado en toda la noche y estaba seguro de que no había tocado la comida.

Tal vez lamentaba haber intentado seducirlo. Se preguntó por qué lo habría hecho: porque realmente lo deseaba o porque, al saber que era un hombre rico, más de hecho que los St. Clair, había decidido dar otra oportunidad a su matrimonio. Desde el principio se había mostrado decidida a no acostarse con él y, sin embargo, esa tarde se había mostrado decidida a hacer precisamente lo contrario. No tenía la menor idea de por qué y la duda le roía las entrañas.

–Es obvio que los dos tenéis cosas de que hablar –dijo Vito.

Amber retiró la silla y se levantó, tirando la servilleta sobre la mesa.

–Estoy cansada y… me duele la cabeza –dijo, frotándose las sienes para dar más énfasis a sus palabras. En opinión de Guido, ciertamente estaba muy pálida–. Quédate con tu hermano, Vito. Ha sido un placer conocerte. Buenas noches…

Dirigió una breve mirada en dirección a Guido a modo de despedida y se dirigió hacia la puerta. Éste se obligó a ponerse en pie y la alcanzó justo antes de que llegara a la puerta.

–Tenemos que hablar –susurró Guido, mientras le abría la puerta, en tono urgente.

Amber alzó unos ojos verdes, opacos y vacíos de expresión, totalmente distantes. Imposible creer que pudieran pertenecer a la misma mujer apasionada y ardiente que había tenido en sus brazos sólo unas horas antes.

–Yo creo que no –dijo con la misma frialdad–. Estoy muy cansada, de verdad.

E irguiendo el cuerpo hasta casi lo imposible, pasó junto a él sin rozarlo.

–*Buona notte* –acertó a decir Guido distraídamente, incapaz de no mirar el sexy balanceo de sus caderas mientras se alejaba y empezaba a subir las escaleras.

Por un momento, estuvo tentado de ir tras ella, detenerla y obligarla a escucharlo… Pero entonces oyó una suave risa a sus espaldas y, consciente de que se había olvidado de su hermano, se dio la vuelta de golpe y lo encontró llenando la copa de vino mientras sacudía la cabeza.

–*Mio fratello*, te veo muy mal. No te había visto así desde que volviste de Estados Unidos con el corazón roto por una mujer.

–¡Estados Unidos pertenece al pasado! –le espetó Guido y enseguida supo que su reacción había sido un error. Su tono de voz, su actitud, habían alertado a Vito de que su hermano le estaba ocultando algo.

–Puede que Estados Unidos pertenezca al pasado, pero esa Amber no –comentó, dando un sorbo de vino–. Son la misma mujer, ¿verdad?

Pero Guido no quiso dejarlo continuar.

–¡Basta! Cuando tú me hables de tu vida amorosa, hermanito, entonces tendrás derecho a discutir la mía.

–Entonces admites que es tu vida amorosa lo que estamos discutiendo –bromeó Vito, acercando la botella a la copa de Guido.

–No estoy admitiendo nada.

Guido dejó que le rellenara la copa, con la esperanza de distraerlo de la dirección que estaba tomando la conversación. Porque lo cierto era que no podía responderle.

Vito había usado la palabra que él sabía que había estado evitando desde el principio. Desde el momento en que decidiera detener la boda de St. Clair y cómo iba a hacerlo.

En aquel momento se había dicho que lo que buscaba era venganza por la forma en que lo había tratado Amber. Incluso había admitido que también era venganza por haberle partido el corazón. Ya que se había enamorado perdidamente de ella desde el momento que la vio en aquel hotel de Las Vegas. En aquel momento, había decidido que haría lo que fuera para llevarla a su cama y retenerla allí, incluso casarse en una horrible capilla, por mucho que aquello distara de la manera en que se habría casado con la mujer con la que quería pasar el resto de su vida. Después ya habría tiempo de organizar la ceremonia que él quería, para demostrarle lo importante que era para él.

Pero no llegó a tener la oportunidad. Su matrimonio apenas había durado un mes cuando Amber lo abandonó para marcharse con Rafe St. Clair, dejando sólo una cruel nota en la que le decía que había encontrado a alguien que podría ocuparse mejor de ella. Alguien que podía darle las cosas que él no podía darle.

En aquel momento la había odiado. Y habría jurado que seguía haciéndolo cuando entró en aquella pequeña iglesia, decidido a impedir aquella segunda boda. Pero algo cambió en el momento en que la vio.

—Conque sólo fuiste a Inglaterra para destruir aquella boda por el novio, ¿verdad?

Vito parecía decidido a no dejarse distraer del tema y sus comentarios resultaron más acertados de lo que le habría gustado a Guido.

—Vengarme de St. Clair era, ciertamente, mi prioridad —mintió él, sin importarle si convencía a su hermano o no—. Llevábamos esperando mucho tiempo y no iba a dejar pasar esa oportunidad —tomó la copa y dio un largo trago—. Lo que me recuerda que tuve una extraña experiencia en aquella boda. Cuando aparecí, una de las invitadas se desmayó y tuvieron que sacarla de la iglesia.

—Sería por tu arrollador atractivo sexual —dijo su hermano, sonriendo ampliamente—. Siempre has tenido ese efecto en las mujeres.

—Bueno, en ese caso, creo que se trataba más bien de tu arrollador atractivo sexual —dijo Guido—. Porque más tarde, en el hotel donde se suponía que se iba a celebrar la recepción, volví a encontrármela en un pasillo. Se puso blanca como la pared. Pero dijo tu nombre, Vito. Me confundió contigo.

Guido había conseguido captar la atención de su hermano. Vito lo miraba atentamente, con el cuerpo inclinado hacia delante.

–¿Cómo era? ¿Sabes su nombre?

–Tenía el pelo corto y rubio, ojos azules, de esta estatura… –puso la mano en su hombro para marcar la altura–. No sé cómo se llamaba.

–Emily… –dijo otra voz, la última voz que habría esperado oír. La voz de Amber–. Habláis de Emily. Emily Lawton.

Estaba de pie en la puerta. Se había soltado el pelo pero seguía vestida igual. El increíble vestido de encaje se ceñía a la perfección a todas sus curvas, dejando a la vista unas esbeltas piernas terminadas en unos zapatos de tacón muy alto.

Por una vez, no fue eso lo que más le importó a Guido, sino cuánto tiempo llevaría allí. Al pensarlo, repasó la conversación con su hermano, intentando recordar qué se habían dicho exactamente.

Capítulo 13

AMBER deseó no haber decidido volver al comedor, y no haber abierto la boca. Habría sido mucho mejor haberse ido sin hacer ruido. Había encontrado a Guido y Vito tan inmersos en su conversación que ni siquiera se habían percatado de su presencia. Pero al oír que Guido hablaba de la mujer rubia que se había desmayado en la ceremonia, no había podido evitar decir el nombre.

Así que en ese momento tenía dos pares de ojos oscuros fijos en ella, ambos hombres frunciendo el ceño, aunque de muy distinta forma.

Si no se hubiera ido o si no hubiera vuelto al comedor, no habría oído a Guido declarar la verdadera razón para ir a Inglaterra. No podía hacer nada por desoírlo.

Se había estado engañando todo el tiempo. Había creído que *ella* era verdaderamente importante, que había sido por *ella* por lo que Guido había hecho lo que había hecho. La idea le había dado una falsa sensación de seguridad, la sensación de que ella era importante para él.

Pero «vengarme de St. Clair era, ciertamente, mi prioridad», había dicho Guido; había dejado claro que ella no le importaba en absoluto. Y era espantoso lo mucho que le dolía.

–Yo… he bajado para pediros un calmante para el dolor de cabeza… –acertó a decir–. No creo que pueda dormir.

Deseó haber hecho lo que había pensado en un principio: quedarse en la habitación hasta que no pudiera aguantar más. La velada frente al ceño fruncido de Guido había demostrado ser demasiado duro. Por eso, había aprovechado la primera oportunidad para marcharse y dejar a los dos hermanos discutiendo de sus cosas. El tema había resultado ser la venganza contra los St. Clair.

Pero nada más subir las escaleras, se había dado cuenta de que si no tomaba algo, no podría dormir. Por eso había vuelto. Y sólo deseaba no haberlo hecho.

–Te traeré algo…

Era evidente que a Guido tampoco le había gustado que apareciera y la premura en levantarse para ir a buscar un calmante fue la gota que colmó el vaso. De no haber sido por Vito, Amber se habría dejado caer en una silla a purgar toda la tristeza de su corazón.

Aunque Vito no parecía muy consciente de ella.

–Emily Lawton… –repitió, atónito.

–Sí. Su marido era amigo de Rafe, pero murió hace un par de meses. ¿No sabías que estaba casada? –preguntó Amber al ver el respingo de auténtica sorpresa.

–No sabía que había muerto su marido. Amber… –por un momento, Vito pareció considerarlo, pero finalmente inclinó su hermosa cabeza en un gesto de aceptación–. ¿Tienes su dirección?

Sacó del bolsillo de la chaqueta un pequeño bloc de notas y un bolígrafo y esperó, impaciente, a que Amber escribiera los datos.

–Di a Guido que estaré en contacto –ya se dirigía hacia la puerta, cuando se detuvo–. Y dile también a ese cabezota hermano mío que si te deja escapar otra vez, es que es más tonto de lo que creía.

–Pero… –Amber se detuvo porque Vito no se paró a escuchar.

–¿Dejarte escapar?

La voz hizo que se girase de golpe, sorprendida. Guido había vuelto, a tiempo para oír el último comentario de su hermano.

–Mi hermano no sabe de lo que habla. Si mal no recuerdo, no tuve más alternativa que dejarte ir. Cuando regresé a la habitación del hotel, habías hecho la maleta y te habías ido. Toma… –arrojó en la mesa una tira de aspirinas y puso un vaso de agua al lado– para el dolor de cabeza.

–Gracias –dijo ella, pero no se movió.

De forma inesperada, parecía como si la tensión que sentía sobre la cabeza empezara a ceder, algo extraño, porque la mirada que había en los ojos de Guido era el tipo de cosa que aumentaba la tensión en vez de reducirla. Pero lo cierto era que se sentía como cuando se acercaba una tormenta y la presión atmosférica empezaba a crecer hasta que llegaba a un punto insoportable.

Ser consciente de que la tormenta iba a romper le provocaba un alivio que era mejor que cualquier aspirina. Claro que la tormenta podía ser devastadora, pero hasta eso era mejor que esperar sin saber lo que se avecinaba.

–Me fui porque… Bueno, pensé que no volverías.

–¿Que no volvería? ¡Pero claro que iba a volver! Eras mi mujer. Aunque eso no te gustara mucho.

Amber hizo un gesto interno de dolor al recordar la horrible pelea que tuvieron. En ella, le había dicho a Guido que no creía en su matrimonio, que agradecía que no fuera real porque eso significaba que no tenía que quedarse y soportar el error que había cometido.

–Pensé…

–Sé lo que pensaste.

Guido se quitó la chaqueta y la tiró en una silla. Después se aflojó la corbata y se desabrochó el primer botón de la camisa. El cambio en su apariencia iba más allá de la ropa que llevaba.

De pronto, Guido pasó de ser el sofisticado y elegante hombre de negocios con quien había cenado a un hombre mucho más relajado, más humano. Amber tragó con dificultad el nudo que se le había hecho en la garganta al apreciar en él al Guido que conoció en Las Vegas.

–Pensaste que me había casado contigo para llevarte a la cama. Puede que tengas razón. Habría hecho cualquier cosa para retenerte allí, te lo aseguro. Pero admite que no quisiste atender a razones sobre la legalidad del enlace.

–¡Tú no estabas allí para razonar tampoco! –Amber no estaba dispuesta a llevarse toda la culpa–. Si mal no recuerdo, te marchaste…

En un principio, su idea era la de tomarse el tiempo necesario para calmarse después de las cosas que le había dicho Amber. La manera en que le había dicho a la cara que se alegraba de que su matrimonio no fuera de verdad, porque se había dado cuenta de su error nada más despertarse a su lado. Pero lo cierto era que reflexionar sobre ello no había hecho sino atizar su ira. Por eso no le había parecido adecuado regresar al hotel de esa manera.

Lo que no había esperado era que encontraría la habitación vacía y sólo una nota sobre la almohada.

–¿Vas a decirme que me esperaste? ¿Que realmente querías tirarme a la cara todo eso que decías en tu nota? ¿Que te habrías enfrentado a mí con ese Rafe St. Clair, cuya sangre azul y linaje aristocrático lo convertía en una mejor baza que...?

–¿Que un fotógrafo sin mucho éxito? –lo interrumpió ella–. Aunque no eras un fotógrafo, ¿verdad? No eras el fotógrafo que decías ser.

–Lo era entonces.

Al verla fruncir el ceño, Guido se pasó una mano por el pelo y sacó una silla de la mesa. Con un gesto de la mano, indicó a Amber que hiciera lo mismo.

–Si vamos a hablar de esto, será mejor que nos pongamos cómodos.

Esperó a que Amber se sentara y él hizo lo mismo, tras lo cual tomó la botella de vino e indicó su copa.

–¿Te apetece un poco más de vino?

–No, gracias.

–*D'accordo…*

Inclinó la botella sobre su propia copa, pero entonces pareció pensárselo mejor y, tras dejar la botella de vino en la mesa, tomó la de agua. Por el rabillo del ojo vio que Amber tamborileaba los dedos sobre la mesa con impaciencia.

–¿Vas a explicarme ese último comentario? –preguntó finalmente–. Necesito respuestas.

–Para conseguir respuestas, hay que hacer las preguntas adecuadas –respondió Guido, dando un sorbo de agua–. Pregunta lo que quieres saber y te responderé. ¡Lo haré! –exclamó al ver la mirada escéptica de Amber.

–Está bien. ¿Por qué te hiciste pasar por un fotógrafo?

–No me estaba haciendo pasar por nada… En aquel tiempo, yo sólo era Guido Corsentino, un fotógrafo.

–No lo entiendo.

–Deja que te lo explique. Hace años, cuando nos hicimos cargo de Corsentino Marine, Vito y yo nos hicimos una promesa. Trabajábamos veinticuatro horas, no teníamos vacaciones, ni días libres. Así que nos prometimos que si teníamos éxito antes de los treinta, el año en que cumpliéramos los treinta nos lo tomaríamos como un año sabático, para hacer lo que quisiéramos mientras el otro se ocupaba de la compañía.

–¿Y tu elección fue la de ser fotógrafo?

–Así es. Cuando te conocí, mi año sabático estaba tocando a su fin. Había estado viajando, haciendo fotos, desarrollando mis habilidades, disfrutando de la vida, mientras Vito se encargaba de los negocios.

–¿Y por qué no me lo dijiste?

Guido la miró a los ojos llenos de indignación e inspiró profundamente. Hablaba en serio al decirle que le contestaría a todo aquello que quisiera saber. Estaba preparado para decirle la verdad, pero había verdades y verdades. Podía ser que Amber no quisiera conocer algunas. Y en cuanto a otras, no estaba muy seguro de querer arriesgarse a que las conociera.

–La verdad… –añadió Amber, dándole la desagradable sensación de que le había leído el pensamiento.

–¿La verdad? No quería hacerlo.

«Pero no me preguntes por qué». El porqué era algo que no estaba preparado para admitir… aún. Tal vez nunca lo estaría. Desde luego no hasta que supiera cuáles eran los sentimientos de ella.

–Había pasado un año viviendo, disfrutando de la vida. Sin presiones. Sin publicidad. Sin *paparazzi*… –la miró y vio que, al menos, comprendía esa parte–. Me había prometido un año de libertad y no quería desaprovechar ni un segundo. No había contado con que te conocería y tampoco había contado con… con tus exigencias para casarnos de inmediato. Si pudiera haber conseguido lo que quería de otra forma, lo habría hecho. Pero te mostraste tan insistente que tendría que ser de esa forma o nada. Por eso hice lo que me pedías. Pero no te conté toda la verdad sobre mí mismo.

Y en aquel momento, él también se había sentido feliz. Al menos eso había creído, que ella lo quería por lo que era. No como muchas otras mujeres que lo miraban pero sólo veían su dinero. Claro que, al parecer, eso había sido así hasta que coincidió con Rafe St. Clair.

–¿Pero entonces por qué...?

–Me toca a mí –la interrumpió él con brusquedad–. Tú has hecho tu pregunta y ahora me toca a mí hacer una.

A Amber le pareció justo. No podía negárselo a pesar de las muchas preguntas que aún tenía que formularle. No creía que Guido fuera a contestarle a todas ellas.

–¿Y bien?

Guido tardó tanto en contestar que Amber notó que se le secaban los labios y lamentó no haber aceptado la copa de vino.

–¿Por qué no me lo preguntaste la semana pasada? ¿Por qué lo has dejado hasta ahora? Supiste la verdad cuando llegamos al aeropuerto. ¿Por qué no has dicho nada hasta ahora?

Amber quería decirle que porque le daba miedo preguntar y averiguar más cosas, todas las mentiras que le había dicho. Pero, al final, parecía haber decidido enfrentarse a todas ellas. Sabía por qué Guido se había casado con ella. Se lo había dejado dolorosamente claro.

Había sido su propia insistencia lo que la había atrapado. Y su motivo para ir a buscarla no había sido recuperarla, sino romper el enlace matrimonial de Rafe.

–¿Por qué? –insistió Guido mientras ella estaba concentrada en sus pensamientos.

–¿No es obvio?

Amber trató de aparentar despreocupación, sin éxito. En vez de ello, su voz sonó hueca y descuidada.

–No para mí.

La forma en que se levantó de la silla y se puso a re-

correr la habitación como una elegante pantera en su
jaula, sólo sirvió para incomodar aún más el cuerpo
tenso de Amber. La cabeza le daba vueltas dificultándole terriblemente la facultad de pensar racionalmente,
de encontrar la manera de contestar sin revelar más de
lo que Guido quería saber.

–Bueno, eso ya no importa, ¿no crees? Ya no importa quiénes somos. Estamos casados porque las circunstancias nos obligan a estar juntos. Nos precipita-
mos a una estúpida boda hace un año cuando ninguno
de los dos quería hacerlo, ninguno quería realmente
casarse para toda la vida con el otro. Y ahora, cuando
deberíamos seguir cada uno con su vida, su futuro, nos
encontramos atrapados.

–¿Atrapados? –repitió él.

Amber no fue capaz de comprender el tono empleado
por Guido. Parecía estar preguntándole por sus sentimientos respecto a su matrimonio, si realmente era eso
lo que sentía. Pero por otra parte parecía rechazar sus
palabras, como si estuviera furioso con ella por haber
utilizado esa palabra.

–¡Sí, atrapados! Sé que tú no quieres estar aquí conmigo y yo te aseguro que no quiero estar contigo.

Al menos de esa forma, sabiendo que él no la
amaba, que sólo había ido a Inglaterra llevado por la
venganza…

–Tenías razón esta tarde, en mi habitación…

–¿Respecto a qué?

Guido estaba de pie junto a la ventana, con los
hombros caídos y las manos en los bolsillos de los
pantalones. Por efecto de la luz que entraba por la ventana y su posición, Amber no alcanzaba a vislumbrar
su rostro. Tan sólo era una sombra oscura, su expresión ilegible. Ninguna pista sobre lo que podía estar
pasando por su mente.

Tal vez fuera mejor así. Al menos, no se distraería, nada evitaría que dijera lo que tenía que decir. Así no se vería tentada de tratar de convencerlo de que las cosas no tenían que ser así. O peor aún, suplicarle que le diera una oportunidad. Si pudiera ver su amado rostro podría sentirse tan desesperada como para decirle que lo amaba tanto que estaba dispuesta a aceptar lo que él quisiera darle y durante el tiempo que él quisiera.

—Al decir que no iríamos otra vez por el mismo camino del deseo. El sexo complica las cosas. Lo hicimos una vez, retrasando así el divorcio que los dos deseamos.

—Lo de esta tarde fue un error.

—¡Lo sé! El peor que podríamos haber cometido. No queremos este matrimonio, ninguno de los dos, y lo mejor será que le pongamos fin.

Amber no estaba muy segura de por qué se detuvo. No esperaba que Guido dijera nada. No había nada que decir. Sabía con certeza que a él no le importaba su matrimonio. Que sólo había ido a Inglaterra para vengarse de Rafe St. Clair. No esperaba que se desdijera. Que le suplicara que se quedara.

Y no lo hizo.

Se quedó donde estaba, una silueta oscura y silenciosa recortada contra la pared, a la espera mientras ella buscaba las palabras.

—Por eso creo que es mejor que me vaya. Si hago la maleta ahora, ¿podría irme esta noche?

—Por supuesto.

Su tono fue tan mesurado y serio que Amber sintió que su mundo se desmoronaba.

—El jet está a tu disposición. Si te das prisa, podrías ir con Vito… —una nota de ironía salpicó su voz con aquel bello acento—. Según he entendido, en estos momentos, está preparando la maleta para ir a Inglaterra lo antes posible.

Le estaba facilitando las cosas y ella lo sabía. No había motivo para retenerla allí una vez que había conseguido lo que quería. Por eso la dejaba ir. Y debería estarle agradecida por ello.

Lo único que cabía hacer era salir de allí con la cabeza alta y la dignidad que le quedaba. No iba a suplicarle. Ya lo había hecho esa misma tarde y el rechazo de Guido casi la había destrozado. No volvería a hacerlo.

—Me gustaría pedirte que hicieras algo por mí.

Amber consiguió mantener el control de su voz a pesar de la lucha que se estaba librando en su interior.

—Dime.

—¿Podrías pedir que un coche me lleve al aeropuerto? Me gustaría que no estuvieras aquí cuando baje con el equipaje.

—Lo haré –dijo él en tono apagado–. Por supuesto.

Amber quería verle la cara, quería una última oportunidad para ver los maravillosos rasgos que tanto adoraba; grabarlos en su memoria para cuando sólo le quedaran los recuerdos. Pero Guido no se apartó de la ventana, oculto entre las sombras.

No le dio oportunidad de ver su rostro. No le dio oportunidad de hacer nada más.

—Adiós, Guido.

Y con esas palabras, se dio la vuelta y salió de la habitación y de su vida.

Capítulo 14

GUIDO se preguntaba si realmente iba a dejar que ocurriera. Agradeció las sombras que le proporcionaba su situación junto a la ventana. Así, Amber no había visto el efecto que sus acciones estaban teniendo en él. No había visto cómo mantenía los labios apretados para evitar que escaparan las palabras, la tensión de su mandíbula, el brillo de sus ojos.

Estaba ocurriendo otra vez. Amber se disponía a salir de su vida sin volver la vista atrás, sólo que esa vez era peor que la última. La última, ya se había ido cuando llegó al hotel.

Esa vez, tenía que verla marchar. Y sentía como si le estuviera rompiendo el corazón al hacerlo.

Pero no iba a detenerla. Ella lo odiaría si lo hiciera porque se sentía atrapada con él. Atrapada en aquel matrimonio. Y, por mucho que la amara, no la aprisionaría en un matrimonio que ella no deseaba.

Ella quería libertad y él se la daría. Por eso se lo pondría fácil. Ordenaría el coche que le había pedido.

Se acercó a la mesa y tomó la chaqueta. Al hacerlo, oyó el ruido del papel en el bolsillo delantero. Y entonces recordó.

Recordó lo que había guardado en la chaqueta para estar preparado en caso de que ocurriera lo peor. Y había ocurrido.

—¡Amber!

Ésta apenas había cruzado el vestíbulo. La forma en

que se detuvo le dio la sensación de que había estado esperándolo. Por un momento, se dejó embargar por la esperanza.

Pero cuando vio el rostro de Amber se maldijo por haber sido un idiota soñador. En sus ojos no había calor. Estaba fría y pálida como el hielo, sus ojos eran dos pozos oscuros vacíos de expresión. No pronunció palabra. Se limitó a esperar qué era eso tan urgente que Guido tenía que decirle.

–Será mejor que tengas esto…

Un férreo control mantuvo sus rasgos serenos. Cuando le diera los documentos, ya no tendría motivo para retenerla y ella no tendría motivo para quedarse.

–He estado con mi abogado esta tarde. Me ha redactado los papeles…

Amber no sabía si podría controlar sus reacciones. Había dado un salto al oír su voz, porque lo cierto era que había estado rezando para que él la llamara. Con tan presta respuesta, se había traicionado a sí misma.

Con el corazón en la garganta latiendo a un ritmo insoportable, ahogó un grito por el asombro y la incredulidad al verlo acercarse a ella. Pero entonces la realidad la golpeó en forma de un sobre blanco del abogado de Guido.

De algún modo, consiguió detener el temblor de sus manos cuando Guido le entregó los papeles y se obligó a examinarlos. Le resultaba más fácil así que mirarlo a la cara después de haberse convencido de que no volvería a verlo.

–¿Qué…?

Las palabras se diluyeron en el silencio al comprender de qué se trataba. Guido se había tomado la molestia de pedir que se redactara en inglés, por si no comprendía el mensaje en italiano.

Eran los papeles del divorcio.

Dos veces abrió la boca, pero las dos fue incapaz de pronunciar palabra. Las lágrimas se agolpaban en su garganta, impidiéndoselo.

Ni siquiera podía oír lo que Guido le estaba diciendo. Tenía los ojos cerrados, las manos apretadas sobre los papeles, y tuvo que obligarse a escuchar.

–Si quieres ser libre, los necesitarás. Hice que los redactaran para que pudieras elegir la mejor manera de hacer esto. Quería facilitarte las cosas.

Inspiró profundamente y dejó escapar un largo y profundo suspiro. Al tener los ojos cerrados, Amber pudo percibir su intensidad, y habría jurado que había percibido también un tono de emoción descarnada. Casi como si…

–Tú decides los términos y las condiciones de nuestro divorcio –dijo él–. Lo que sea. Yo admitiré lo que tú me digas.

–¿Lo que sea?

Amber no podía creer lo que estaba oyendo, no, lo que leía detrás de las palabras que estaba oyendo. Había algo en su tono de voz que se entretejía con cada sílaba otorgando un significado totalmente diferente a toda la frase.

–Lo que sea. Diferencias irreconciliables, comportamiento poco razonable…

–¿Adulterio?

Lo dijo a ciegas, con los ojos aún fuertemente cerrados, sin atreverse a mirarlo por si estaba equivocada.

El silencio que sobrevino era tan denso que Amber sintió como si le hubiera caído un bloque de hielo encima. Pero Guido seguía allí, a su lado. Podía sentir su calor, el personal aroma de su cuerpo. Aunque no oyó sonido alguno.

Lo cual le dio el valor para abrir los ojos y mirarlo a

la cara. Directamente a aquellos ojos del color del bronce líquido. Lo que vio en ellos la envalentonó aún más.

–¿Admitirás haber cometido adulterio, Guido? –preguntó ella con voz clara y firme, más segura de sí misma–. ¿Te acostarás con otra para que pueda citarla en nuestra causa de divorcio? ¿Me facilitarás las cosas hasta ese punto?

Amber creyó tener la respuesta antes de oírla de sus labios, ya que vio, aliviada, que Guido apartaba los ojos de ella.

–¿Guido?

–No puedes pedirme eso –dijo él finalmente en un tono dolorosamente áspero–. Haré cualquier cosa menos eso.

Una vez más, las palabras no quisieron salir de los labios de Amber que, para su desgracia, vio cómo Guido se giraba.

–Pediré que preparen un coche.

–¡No!

Por el esfuerzo que tuvo que hacer, la exclamación salió con mucho más brío del que había pretendido.

–No –repitió ella con más suavidad, más segura de sí misma–. El coche puede esperar. Creo que no hemos terminado de hablar.

–¿No?

–No. Tengo un par de preguntas que hacerte. Antes dijiste que si te preguntaba, responderías. ¿Sigues dispuesto a hacerlo?

Los ojos de Guido se mostraron cautos, como los de un gato cuando arqueaba el lomo dispuesto a saltar a la más mínima amenaza. Esperaba que lo que tenía que decir no fuera un error.

–Pregunta –dijo él. Nada garantizaba que fuera a responder.

–Cuando nos casamos en Las Vegas, ¿por qué crees que me fui?

–Porque no creías que nuestro matrimonio fuera legal. Y porque apareció Rafe St. Clair y, según tu nota, te parecía mejor opción que yo. Él podría darte lo que tú deseabas. Y, sabiendo lo de tu madre, creo que entiendo por qué.

Por si escuchar sus amargas palabras repetidas frente a ella no fuera ya suficientemente malo, la comprensión mostrada por Guido lo hacía aún más difícil.

–No fue su sangre azul ni nada de eso lo que me atrajo de Rafe –dijo ella, eligiendo cuidadosamente las palabras–. Él… él me dijo que me amaba.

–¡Que te amaba!

Guido dejó escapar la carcajada más cínica que había oído jamás, y sintió como si le tiraran encima una jarra de agua fría.

–St. Clair nunca ha amado a nadie que no sea él mismo.

Una cosa estaba clara: Guido detestaba a Rafe St. Clair, pero Amber se preguntaba si había sido sólo su ansia de venganza lo que lo había llevado a romper su matrimonio.

–¿Y por qué viniste a Inglaterra hace una semana?

La mirada de Guido era de franca incredulidad.

–Ya lo sabes. Para detener un matrimonio bígamo.

–¿Sólo eso? ¿Y tu necesidad de vengarte de Rafe?

Se había precipitado. Guido levantó la cabeza y Amber vio el rechazo estampado en su rostro, en sus ojos una nota de advertencia.

–¿Lo oíste?

–Sí.

Era evidente que no le complacía que hubiera oído aquella parte de la conversación, pero mientras que antes su ceño fruncido la habría hecho retroceder, en ese momento Amber lo tomó por un gesto defensivo, un escudo con el que protegerse de algo que no quería que ella supiera.

–¿Qué tienes en contra de Rafe? ¿Qué te ha hecho?

Durante un largo lapso, Amber creyó que Guido no iba a responder, pero entonces inspiró profundamente y dejó escapar el aire lentamente, entre los dientes apretados.

–Sedujo y arruinó a alguien de mi familia. Tomó lo que quiso y luego se marchó.

Amber sintió como si le hubiera dado una bofetada. Había empezado a creer que lo de la venganza era mentira. Que sólo lo estaba utilizando para ocultar la verdadera razón. Parecía que se equivocaba.

–Lamento que le rompiera el corazón a una mujer...

–Un hombre.

–¿Qué?

–Que fue a un hombre –repitió él con voz clara y firme–. Mi primo Aldo.

–¿Me...me estás diciendo que…?

–Mi primo Aldo es gay. Igual que Rafe.

–Pero…

Amber creía que las piernas no la sostendrían y extendió la mano para sujetarse en algo. De inmediato, Guido la sostuvo por la cintura.

En aquella posición, firmemente aferrada a él, sus rostros estaban a escasos milímetros, los ojos verdes de ella fijos en el bronce líquido de los de él. No podían mirar a otro sitio y, esa vez, Guido no dio señales de querer apartar la vista.

–¿Rafe es… gay?

Le parecía imposible de creer. Pero viéndolo en retrospectiva, comprendía cosas que no le habían parecido importantes antes, cosas que, incluso, había agradecido. Siempre se había mostrado muy contenido en cuanto al sexo. Él le había dicho que no tenía problema en dejar que ella fijara el ritmo, que podía esperar hasta el día de la boda. Sus besos habían sido siempre suaves, las pocas caricias indecisas, incluso torpes. Pero ella lo había agradecido. Magullada y golpeada tras la apasionada relación con Guido, había tomado la aparente consideración de Rafe como un refugio seguro en el que descansar, lamerse las heridas y recuperarse.

–¿Pero por qué quería casarse conmigo entonces?

–Porque si hay algo que Rafe quiera más que a sí mismo es el dinero. Hace años que le viene ocultando su sexualidad a sus padres. Hay una razón para ello. Si su padre supiera la verdad, Rafe no heredaría nunca. Lord St. Clair quiere un heredero que le suceda, nietos que continúen la línea sucesoria. Lleva tiempo presionando a Rafe para que haga ambas cosas. No me cabe duda de que Rafe pensaba que lograría convencer a su padre de que su matrimonio contigo sería auténtico. Puede que hasta hubiera decidido consumarlo. Cualquier cosa menos permitir que se supiera la verdad. No podía dejar que te hiciera algo así.

Amber lo tenía cada vez más claro. Sabía que le correspondía a ella hacer el siguiente movimiento; mostrarle lo que sentía.

–Tengo que darte las gracias por ello –dijo, mirándolo a los ojos y cuando vio caer los hombros de Guido se dio cuenta de lo tenso que había estado. Entonces sonrió, aliviada, aunque aún no podía dejarse llevar. Aún no habían aclarado todo.

–¿Aunque con ello te atrapara en un matrimonio que no deseas?

A Amber no le pasó inadvertido el hecho de que sólo se refiriera a ella en lo de sentirse atrapada. Con una nueva claridad en los ojos, repasó la velada y reparó en que él no se había incluido en ese sentimiento en ningún momento. Había sido ella la que había afirmado que los dos estaban atrapados aunque, en su corazón, ella sabía que se estaba engañando.

Inspirando profundamente, reunió el coraje para hablar.

—Los dos estamos en este matrimonio. Lo que ocurrió aquella tarde fue de mutuo acuerdo. Los dos lo quisimos. Yo lo quise. Y sigo queriéndolo.

Aún en sus brazos, Amber percibió el escalofrío que recorrió el cuerpo de Guido. Vio entonces el brillo de la primera reacción en sus ojos.

—Y ahora… —levantó los papeles de divorcio y los colocó entre ambos—. Hablemos de esto. Dime qué condiciones de divorcio vas a darme. Dime por qué estás dispuesto a facilitar pruebas de diferencias irreconciliables o comportamiento poco razonable, pero no aceptas el que sería el motivo más obvio, la salida más sencilla para ambos, que es alegar el adulterio como causa principal de divorcio.

—Porque…

Guido titubeó un momento. Cerró los ojos, pero cuando los abrió de nuevo ya no eran insondables sino claros y relucientes, llenos de una emoción que la conmovió por completo.

—Porque cuando pronuncié mis votos matrimoniales, lo hice de buena fe. Prometí amar y cuidar, honrar y ser fiel a mi esposa. Y no tenía intención de faltar a mis votos. Por eso, aunque nuestro matrimonio se haya roto, hay ciertas cosas que no puedo hacer y una es que no puedo ser infiel a la mujer que amo.

«No puedo ser infiel a la mujer que amo».

Amber no podía esperar nada más. No había mayor declaración de amor. Las lágrimas brotaron de sus ojos, pero eran de felicidad. El pulso se le aceleró tanto que pensó que el corazón se le iba a salir del pecho.

–¡Oh, Guido! ¡Guido!

Pero no era suficiente. Tenía que controlarse y decirle algo más. Guido merecía algo más. Mucho más.

–Yo... yo no quiero que lo hagas –dijo con voz temblorosa–. Yo deseo este matrimonio, Guido. Siempre lo he deseado. Has dicho «cuando pronuncié mis votos matrimoniales, lo hice de buena fe». Incluso entonces...

La cabeza le daba tantas vueltas que no se explicaba con claridad, pero Guido no necesitaba más explicaciones. Sabía exactamente qué quería decir.

–Incluso entonces –repitió él, y sus labios se curvaron en una débil sonrisa–. Cuando pronunciamos nuestros votos en aquella capilla horrible, aunque no tuvimos la bendición real, ni a mi familia, lo dije en serio. Para toda la vida.

–Pero... pero tú dijiste que...

–Dije que no quería casarme. No quería, o al menos eso pensaba hasta que te conocí. Y aquella boda no era lo que yo quería... para ti. Cuando me casara con la mujer de mi vida, quería que fuera la mejor boda que hubiera podido desear. Quería invitar a todos mis familiares y amigos. A todo el mundo. Quería que todo el mundo viera lo feliz que era, lo afortunado de tener a esta preciosa mujer en mi vida. Pero eso no era lo que tú querías.

–Yo estaba asustada... –admitió Amber–. Me había enamorado de ti por completo, pero temía que si no te retenía a mi lado, si no me casaba contigo, un día me despertaría y vería que te había perdido para siempre. Por eso te pedí que nos casáramos de aquella manera tan precipitada.

Amber dejó escapar un profundo suspiro en señal de cuánto lamentaba haber dejado que las cosas se estropearan, haber perdido tanto tiempo.

–Guido, créeme. Aquel día fue muy especial para mí. Fue la boda más maravillosa que hubiera podido soñar porque me casaba con el hombre que amaba. Pero tenía miedo de que tú no me amaras de la misma forma. Por eso hice que ocurriera…

–No –Guido le rozó los labios con los dedos para hacerla callar–. No. En ningún momento dejé de quererte. Aun cuando lo intenté, no lo conseguí.

–Yo tampoco –dijo ella, bajo los dedos de él. Cómo adoraba el aroma de su piel, su sabor en los labios–. Pensé que lo había hecho, pero sólo estaba huyendo. Huí por miedo a no ser lo suficientemente buena para ti. Aún estaba huyendo cuando acepté la proposición de Rafe. Pensé que podría ocultarme… Pero estaba equivocada. Terriblemente equivocada.

–Amber…

La voz de Guido era grave, tan dulcemente intensa que Amber se sintió flotar. No podía mirar a otro sitio que no fueran aquellos ojos oscuros, ver cuánto amor había en ellos. El amor que ella necesitaba, el amor que siempre había estado allí pero que ella se había negado a creer hasta ese momento.

–Te amo, Guido –dijo, con toda la confianza que le otorgaban sus convicciones–. Te amo y deseo este matrimonio, nuestro matrimonio, para toda nuestra vida.

Apenas había terminado de pronunciarlo cuando Guido se inclinó y le tomó los labios en un beso poderosamente intenso y apasionado pero tan cariñoso, tierno y generoso al tiempo que Amber no pudo evitar las lágrimas. En aquel beso estaban reunidos los sentimientos de Guido hacia ella. El amor que compartían.

Cuando por fin se separaron, Guido se apartó ligeramente para contemplar el rostro de Amber. Le apartó el pelo de la cara y la miró a los ojos, con una amplia sonrisa llena de felicidad en su bello rostro.

–Amber, *amata, carissima*, mi corazón es tuyo. Soy tuyo mientras quede un aliento en mi cuerpo. Sé que ya estamos casados y que has dicho que nuestra boda fue todo lo que podrías desear, pero… –de sus labios brotó una risa chispeante que Amber no había oído nunca–. Soy un hombre. ¡Soy siciliano! Sigo queriendo que todo el mundo sepa que eres mía. Quiero mostrarme ante mi familia y amigos y decir a todos que te quiero y quiero que seas mi esposa.

–Entonces lo haremos –dijo Amber–. Tendremos esa boda especial. Renovaremos nuestros votos y empezaremos de nuevo nuestra vida en común.

Guido la besó nuevamente y Amber pensó para sí que, esa vez, no habría dudas, ni miedos, ni inseguridades. Guido la amaba y ella lo amaba a él.

–Hay una cosa más… –susurró, con el pulso acelerado, la respiración entrecortada, el cuerpo caliente, por aquel beso–. Lo de esa ceremonia… No significará que tenemos que esperar…

–¿Esperar?

Guido pareció horrorizado de sólo pensarlo. La voz penetrante que utilizó lo decía todo. Sus manos descendieron por su cuerpo, acariciando cada recoveco con caricias expertas, caricias de amante.

–No esperaremos a nada –aseguró él–. Nunca más. Somos marido y mujer. Y tengo toda la intención de demostrártelo.

Con esas palabras, la tomó en brazos y se dirigió a las escaleras. A través del golpeteo de la sangre en sus venas, Amber supo con toda seguridad una cosa: esa vez, sí que era el principio de una nueva vida.

Bianca®

Podría darle su cuerpo, pero había un secreto que no podía compartir con él...

Matthew Knight era un hombre duro y dedicado por completo a la gestión de riesgos.

Mia Palmieri, una secretaria normal y corriente que se vio envuelta en una situación extraordinaria.

Cuando Matthew aceptó el caso de la desaparecida Mia, pensó que la única manera de averiguar la verdad sería secuestrándola. Pero una vez a solas con ella en su lujoso escondite, Mia no pudo resistirse a la tentación. La pasión entre ellos era ardiente, pero aunque le entregara su cuerpo, Mia seguiría guardando en secreto la misión que había jurado cumplir...

Cautiva en su cama

Sandra Marton

Acepte 2 de nuestras mejores novelas de amor GRATIS

¡Y reciba un regalo sorpresa!

Oferta especial de tiempo limitado

Rellene el cupón y envíelo a

Harlequin Reader Service®
3010 Walden Ave.
P.O. Box 1867
Buffalo, N.Y. 14240-1867

¡Si! Por favor, envíenme 2 novelas de amor de Harlequin (1 Bianca® y 1 Deseo®) gratis, más el regalo sorpresa. Luego remítanme 4 novelas nuevas todos los meses, las cuales recibiré mucho antes de que aparezcan en librerías, y factúrenme al bajo precio de $3,24 cada una, más $0,25 por envío e impuesto de ventas, si corresponde*. Este es el precio total, y es un ahorro de casi el 20% sobre el precio de portada. !Una oferta excelente! Entiendo que el hecho de aceptar estos libros y el regalo no me obliga en forma alguna a la compra de libros adicionales. Y también que puedo devolver cualquier envío y cancelar en cualquier momento. Aún si decido no comprar ningún otro libro de Harlequin, los 2 libros gratis y el regalo sorpresa son míos para siempre.

416 LBN DU7N

Nombre y apellido	(Por favor, letra de molde)	
Dirección	Apartamento No.	
Ciudad	Estado	Zona postal

Esta oferta se limita a un pedido por hogar y no está disponible para los subscriptores actuales de Deseo® y Bianca®.
*Los términos y precios quedan sujetos a cambios sin aviso previo.
Impuestos de ventas aplican en N.Y.

SPN-03   ©2003 Harlequin Enterprises Limited

Jazmín®

Los besos del jefe
Elizabeth Harbison

Laurel Midland tenía intención de dedicarse en cuerpo y alma a su nuevo trabajo como niñera de una pequeña sin madre y con un padre muy distante. Pero nada más llegar a la casa, Charles Gray le dijo que no servía para el puesto; era demasiado joven y, después de la enorme pérdida que había sufrido su hija, buscaba a una niñera mayor que no fuera a marcharse al poco tiempo.

Pero Laurel no tardó en llenar de luz y diversión una casa que llevaba tiempo oscura y silenciosa. Charles creía que Laurel no respetaba su modo de criar a su hija... pero al mismo tiempo él también había empezado a caer bajo el hechizo de la joven niñera.

Estaba a punto de besar a la mujer que hacía muy poco tiempo había querido despedir y no volver a ver jamás...

Deseo®

Un extraño en tu vida

Alyssa Dean

Alguien estaba poniendo en peligro el rancho de Lacy Johnston y ella estaba dispuesta a cualquier cosa con tal de evitar que el banco se quedara con sus tierras. Lo que no imaginaba era que Morgan Brillings le propusiera casarse con él.

De pronto aquel ranchero solitario se estaba convirtiendo en un héroe que prometía cuidar de ella. Lacy no podía pensar en otra cosa más que en lo guapo que era Morgan y lo bien que besaba. Enseguida se dio cuenta de que estaba perdiendo el corazón por el vaquero más sexy de Montana, lo que no sabía era si él la veía como algo más que una esposa de conveniencia...

Él jamás se había imaginado como héroe... ni como esposo, pero ella iba a hacerle cambiar de opinión...